七つの異界へ扉がひらく
神隠し怪奇譚

夜馬裕　若本衣織

竹書房
怪談
文庫

前書き

皆さんは、「異界」と聞いて、何を頭に浮かべるだろうか。

此岸（この世）と彼岸（あの世）というくらいだから、そもそも幽霊話だって異界の話に違いなかろうが、とはいえ本書で扱う異界は、もう少し「異世界」にも近いものがある。

だが、異世界と言われると、今度は流行りのファンタジーものがイメージされて、途端に怪談の手触りから離れてしまうので、この絶妙なニュアンスを伝えるのが実に難しい。

どんな言葉で表せば、本書の内容に即したものになるか思案していたのだが、よくよく考えてみれば、怪談における「異界＝異世界」の雰囲気が、読者諸氏にしっかりと伝わるよい言葉があった。そう、本書のタイトルにも入っている「神隠し」だ。

まさに本書は、何かの拍子にふっと、人ならざる領域、この世ならざる場所、あちら側の世界へと、時に迷い込み、時に浸蝕される、そんな怪異譚ばかりを集めている。

ただ、どうしても自分の力だけでは、異界へのアプローチにバリエーションが出ない。

ぜひもうお一方、独自の視点で異界を捉え、瑞々しく異界を書いてくださる、そんな作家にお声がけしたいと考えた時、すぐさま、若本衣織さんの名前が脳裡に過（よぎ）った。

テーマは非常に限定的で、一冊の本として書くには難しい内容である。本書が刊行するに至ったのは、ひとえに若本衣織さんが共著をご快諾くださったからに他ならない。
さて本書では、私の思う「異界に至る七つの扉」を用意させていただいた。

■第一ノ扉【山林】、第二ノ扉【海川】は、言わずと知れた神域だ。そもそも人ならざるものの支配する領域であり、我々はその横で恵みと恩寵(おんちょう)を賜(たまわ)るに過ぎない。

■第三ノ扉【史跡】、第四ノ扉【旅宿】は、歴史と非日常が開く扉でもある。今と昔、日常と非日常の境界線が曖昧になる中で、開かれてしまう扉も数多くあろう。

■第五ノ扉【路駅】、第六ノ扉【市街】は、我々の日常に開く扉だ。いつも通りの生活の中で、ふと角を曲がったら、ふと店に入ったら、気づかないうちに迷い込んでしまう扉の先には、恐怖と一抹のノスタルジーが共存する。

■第七ノ扉【家屋】は、皆さんのプライベート空間そのものだ。限りなく個人的だが、だからこそ何よりも怖く、家族や血縁、そこに住む者たちの怨嗟(えんさ)を吸って扉は開く。

もうこれ以上は語るまい。あとはぜひ、読者諸氏の機微に委(ゆだ)ねたい。
最後に、多大なるご尽力を賜った竹書房のO氏へ心よりの感謝を述べたい。

二〇二四年十二月　夜馬裕

もくじ

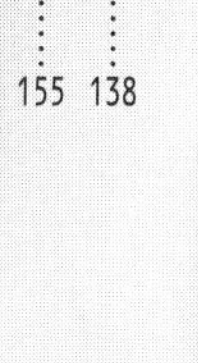

※本書は体験者および関係者に実際に取材した内容をもとに書き綴られた怪談集です。体験者の記憶と主観のもとに再現されたものであり、掲載するすべてを事実と認定するものではございません。あらかじめご了承ください。

※本書に登場する人物名は、様々な事情を考慮してすべて仮名にしてあります。また、作中に登場する体験者の記憶と体験当時の世相を鑑み、極力当時の様相を再現するよう心がけています。今日の見地においては若干耳慣れない言葉・表記が記載される場合がございますが、これらは差別・侮蔑を助長する意図に基づくものではございません。

第一ノ扉　山林

産火

若本衣織

さん‐び【産忌・産火】
出産に伴う種々の忌み避けるべきこと。出産のあった家の火は穢れるとされるので、産婦はかまどを別にした生活をするなどの習俗をいう。血忌（ちいみ）。血服（ちぶく）。
精選版 日本国語大辞典

今日日、狩猟は再びブームを迎えている兆しはあるものの、実際にそれを趣味とするのは厳しい現状がある。特に、普段は都市部で生活をしている人が狩猟をしたいとなると、様々なしがらみが足を引っ張ることとなる。

狩猟を行うためには狩猟免許試験に合格後、猟具を入手しただけでは出猟することができない。猟を行いたい都道府県ごとに「狩猟者登録」を行い、狩猟税を納付する必要がある。

ここで少し厄介なのが、狩猟者登録申請時に必要となる損害賠償能力の証明だ。

通常、狩猟者は鳥獣保護法第五八条第三項に定められている通り、狩猟により生ずる損害賠償について、三千万円以上の共済、又は損害賠償保険に加入しなければならない。

所謂ハンター保険というものに入っていないと、狩猟をすることができないのである。

しかし、このハンター保険に入る段階においても、ハードルが立ちはだかる。

ハンター保険は、そのほとんどが個人からの引受を行っておらず、何かしらの団体に所属している必要がある。最も一般的な団体が猟友会であるが、こちらは地域によってその熱量や内部の関係性にも大きな差があるのは言うまでもない。手厚い団体の場合は新人への手ほどきや猟場の紹介をしてくれるだけでなく、狩猟者同士の情報交換やコミュニケーションの場として機能しているなど、猟期における煩雑な手続きの代行以上に狩猟者としてのスキル向上を大いに手助けしてくれる。

片や排他的な猟友会となると、年配者と若輩者、地元の人間と移住者、銃猟者と罠猟者など、それぞれの属性による対人問題が続発し、猟期には体力以上に精神を消耗するといった事例も少なくはない。その結果、猟友会を抜け、同好会を設立する者も存在する。

和久(わく)さんは、まさしくそのような同好会で狩猟を行っていた方だった。

元々大学のクレー射撃同好会仲間であった友人ら六人と一緒に、和久さんは四十歳のときに狩猟免許を取得した。しかし全員が多忙な職種であったため、猟友会主催の動的練習会や射撃大会への参加がおざなりになり、徐々に他の会員との溝が開いていった。遂にはメンバー所有の猟犬が会員の猟犬に怪我を負わせたことが決定的な亀裂となり、和久さんを含めた七人は猟友会を脱会、同様の事情を抱えた仲間達を呼び込んで同好会を設立したという経緯があった。

幸い、全員が社会的地位の高い職種に就いていたこともあり、独立するだけの金銭的余裕があった。馴染みにしている銃砲店の主人や狩猟関係のコーディネーターの手引きで大物猟をさせてくれる山の持ち主と個人的に契約を結び、猟期中は青年時代に戻った気持ちで野を駆け、銃を携えて獣を追い、撃ち取った肉を肴に仲間たちと酒を酌み交わす。年に二回ほどしか開催できない狩猟ツアーではあったが、和久さんの毎年の楽しみであった。

遠征をする場所の選定や地権者との交渉、当日の宿の手配やフォーメーションまで、全てを手配してくれていたのが、和久さんの三学年先輩であり、最年長者の関さんである。

関さんは、同好会内でも突出したハンティングマニアだった。

彼は貿易会社を経営しており、可動不可動含めて高価な銃を複数所持している。元々は海外のツアーに参加しトロフィーハンティングを行っていたが、同窓会を機に和久さんたちと意気投合してからは、国内の狩猟に鞍替えしたという経緯がある。

国内で狩猟を行う面白さは「見切り」にあると関さんは語る。

見切りとは、猟場で見られる獣の足跡や食痕から寝屋を推測することだ。笹薮に落ちた砂粒や掘り返された土、足跡の上に落ちた枯れ葉から、獣たちがいつその場所を通ったかが分かる。残された痕跡を手掛かりに獣を追い出し、追い詰めるルートを考え、適切な人員配置を行う流れが、さながら軍師のような心持ちとなり、関さんを高揚させるのだという。

その年も、関さんの長い知り合いである山の持ち主が快く猟場を提供してくれたこともあり、メンバー全員がその県で狩猟者登録を済まし、射撃場で腕を磨きながら、来る猟期と遠征を心待ちにしていた。関さんは一足早く猟場付近に建てた狩猟小屋兼別邸であるバンガローに身を置き、日々山の周りを回っては山中に潜む獣の数を数えていたそうだ。

しかし、いよいよ全員が別邸に集結したところで、思わぬ事態が起きた。

元々、今回の旅程は関さんの長女の第二子誕生のタイミングと重なっていたのだが、どうも母体の状況が良くないという報せが飛び込んできた。本来の予定では第二子ということもあり、テレビ電話でお祝いを済ませる予定が、家族の危機とあれば流石にそうもいかない。

「とりあえず、様子だけ見終わったら帰ってくるよ」

関さんは名残惜しそうにそう告げると、急遽書き換えた計画表を全員に手渡し、着の身着のままで出て行ってしまった。

残された和久さんたちは、仕方なくサブリーダーである木崎（きさき）さんを中心に出猟したものの、やはり関さんがいるときのようには奮わない。

一日目、二日目と全く獲物の痕跡すら追えないままに終わってしまった。

「俺たちも関さん頼りで、まだまだ全然駄目ってことだな」

そう、互いに慰め合って迎えた三日目の朝。

眠い目を擦りながらリビングへ向かうと、そこには狩猟ウエアに身を包んだ関さんの姿がある。御丁寧に、朝食まで用意されていた。

「女房にはうるさく引き留められたけど、まあ孫も無事生まれたことだし、俺はどうしてもこっちが大事だからさ。今日も獲物が取れたら後は任せてしまうかもしれないが、雰囲気だけでも味わいたくて戻ってきたんだ」

そう照れくさそうに笑う関さんは、既に一人で山の周囲も確認してきたそうだ。

メンバーは口々に祝いの言葉と感謝を述べ、場は俄（にわか）に活気づいた。

関さんが作った朝食に舌鼓を打ちながら、狩猟計画は一からの練り直しとなった。

関さんが参加したお蔭で士気が高まったのだろう。

猟犬の動きも見違えたように変化し、昼に差し掛かる頃には立派な牡鹿が一頭獲れた。

年甲斐もなくハイタッチで喜びを分かち合い、獲れた牡鹿は血抜きと体温を下げるために、一旦、近くの沢の中へと沈める。仲間たちはその傍らで煙草を吸いながら、先ほどの猟の振り返りを行う。放血が終わるまでのひと時が、和久さんにとって至福の時間だった。

小休止が終わり、いよいよ沢から牡鹿を引き揚げようと振り返った途端、和久さんは驚きの余り腰が抜けそうになった。

ずぶ濡れの牡鹿が一匹、沢の真ん中に佇みながら、和久さんたちを見つめていたのだ。てっきり撃ち取ったものとは別の個体かと思いきや、首元には確かに自分たちが付けた傷がある。何より、人間の姿を見て、のこのこと現れる野生動物などいるはずがない。

呆気に取られる和久さんたちを尻目に、牡鹿はくるりと背を向ける。てっきり逃げるのかと思いきや、まるでスキップでもするかのように軽快に歩いている。様子がおかしい。

銃は既に脱包した上に、カバーの中にしまって木の根元に置いてある。猟犬たちも去っていく牡鹿を追い掛けるどころか、何かに怯えるように尻尾を丸め、目を背けている。

どうしよう。

メンバー同士で戸惑いながら顔を見合わせる中、関さんだけは判断が速かった。

銃袋を肩に背負うと、じゃぶじゃぶと音を立てながら沢を渡っていく。

「おい、何やっているんだ。折角獲ったのに逃げちまうぞ」

柔和な笑顔ではあるものの、どこか有無を言わせないような彼の雰囲気に気圧(けお)されて、和久さんを含めたメンバー全員が弾かれたように銃袋を手に取り、沢を横断していく。

牡鹿とはつかず離れずの距離を維持しながら、関さんを先頭に後を追った。


牡鹿の白い尻を見ながら、隊列最後尾の和久さんは困惑を隠せなかった。

確かに、牡鹿の止め刺しをしたのだ。命の消える瞬間、目の奥で燃えていた炎が、まるで線香花火の終わりのときのようにスッと消えていったのを確かに和久さんは見た。

仮に、何かの拍子に神経が繋がったとして、こんなにも長く歩けるだろうか。もう既に二十分近く、牡鹿は明確な足取りで歩みを続けている。まるで目的地でもあるかのようだ。

そう考えると、途端に和久さんは怖くなった。

今更ながら気付いたことだが、自分たちは一体、どこを歩いているのだろう。

眼下では履きなれた登山靴が、背の高い植物を引き潰すように踏み倒していく。なぜ自分たちは獣道でもない藪の中を、牡鹿に導かれているとはいえ迷いなく歩き続けているのだ。

道なき道を、どこまで進んでいくべきなのだろうか。

もうやめよう。

そう、言いかけた瞬間だった。

急に眼前が開けたかと思うと、ごつごつした岩場が現れた。黒っぽい溶岩じみた岩と岩の間には、黒い穴が大きく口を開けている。洞窟だった。

牡鹿は少しも迷いを見せず、その洞窟の中へと吸い込まれていく。当然のように後を追い掛ける関さんの元へ慌てて走り寄って、和久さんはその肩を掴んだ。

「関さん、これ以上はやめましょう」

きょとんとした顔で歩みを止めた関さんに、和久さんは畳み掛けるように説得する。

「俺たち、この猟場には何度も入っていますが、こんな岩場があるなんて聞いたことがないですよ。死んだはずの鹿が動き出す時点でおかしいのに、得体の知れない洞窟なんかに入ってしまったら、酸欠や落盤で戻ってこられない可能性だってあります」

必死な様相の和久さんに対して、関さんは半笑いで首を振った。

「何言っているんだ。牡鹿も入っていったし、俺たちも行くべきなんだよ。折角の機会なんだからさ」

楽観的な物言いに呆気に取られた和久さんだったが、何よりも不気味だったのは、それまで沈黙していた仲間たちが次々と関さんの意見に同調したことだった。

「まあ、関さんが大丈夫だって言うんだから、大丈夫だろう」

「酸欠の心配は先行する鹿を見れば良いだけだし」

「危なくなったら引き返せばいいじゃないか」

口々にそう言う仲間たちに半ば説き伏せられる形となり、和久さんは再び隊列の最後尾として洞窟の中を進むこととなった。


幸い、洞窟の中は一本道であり、どこからか緩やかな風が吹き込んでいることから酸欠の心配はなさそうだった。横幅こそ少し狭いものの、中腰になって進む必要もない。どこに光源があるのか、辛うじて鹿の白い尻や互いの輪郭が分かる程度に洞内は明るい。

何ものかに突き動かされるかのように歩んでいく道は、緩やかな下り坂になっている。

時折、我に返って来た道を振り返るが、黒く塗り潰されたような重い闇に圧倒され、戻る気が失せてしまう。誰も話さない。ただ、足音だけが反響している。

進む先から風が吹いている。

どこかから光が差している。

だから平気。まだ大丈夫だ。

楽観的な見方で自己を慰めようとしている現状に気付き、和久さんは総毛だった。

これでは、関さんや他の仲間たちと同じじゃないか。

とにかく、引き返そう。

そう提案しようとした瞬間、関さんの後ろを歩いていた木崎さんが訝しげな声をあげた。

「おい。変な音がしないか」

確かに、前方から砂嵐のような音が断続的に聞こえてくる。

それと同時に、遥か先に針の穴のような光の点が現れた。洞窟の出口だ。

俄に皆の足が速まる。光が大きくなるにつれ、洞窟の壁が段々と狭くなっていく。高さは十分あるので問題ないが、まるで迫りくる両壁に潰されるような錯覚を覚え、自然と駆け足になっていく。砂が流れるような音が近付く。眩(まばゆ)い光の中に、牡鹿の尻が消える。次いで、関さん。その次に木崎さんと続こうとしたところで、急に洞窟の出口で両手足を突っ張り、流れを塞(せ)き止めた。何だ。何をふざけているんだ。思わず怒号をあげそうになった瞬間、木崎さんはぐるりと反転し、再び両手足を精一杯広げ、必死な形相で声を張り上げた。

「引き返せ！」

何を今更。全員、同じことを思っていたのかもしれない。呆れた笑いが漏れる中、木崎さんだけが血走った目で腰の剣鉈(けんなた)に手を掛ける。

「俺は冗談で言っているんじゃない。さっさと全員、戻るんだ」

正気じゃない。和久さんは慌てて方向転換し、元来た道を駆け出した。後ろから複数の足音が追ってくる。時折、木崎さんの急かすような怒号が聞こえる。まるで獄卒に追われる亡者のようだ。薄い酸素の中で息が上がる。ただ出口を目指し、必死になって足を動かした。

ものの五分も走ったところで、すぐに出口が現れた。

外の光に目が眩みながらも、和久さんは一番乗りで走り抜ける。ただ、どうにも恐ろしく、足を止めることができない。道なき道を、走り続ける。背後から、同様に草が踏み折られる音がした。他の仲間たちも無事に洞窟を抜け出せたのだろう。息が上がる。

どこへ向かえばいいのか。

薄っすら靄掛かった山中を、宛てもなく走り続ける。

どうしよう。どうすればいい。

思わず、背後を振り返ろうとした瞬間、前方から激しい犬の鳴き声が聞こえてきた。

残してきた猟犬たちに違いない。

和久さんは声のする方へと行く先を決め、必死に走る。そろそろ体力の限界を迎えそうなところで、微かに水の匂いがした。目の前には、牡鹿を沈めた沢が穏やかに流れていた。

はち切れんばかりに高鳴り続ける鼓動と上がりきった呼吸を必死に鎮めていると、和久さんのすぐ後ろで、言い争うような声が聞こえてきた。うんざりしながらそちらに目を遣ると、木崎さんと他の仲間たちが揉めている。

「俺が戻って探してくる」

「いいや、駄目だ。絶対に行かせない」

誰か逸れたのか。慌てて目視で人数を確認する。六人。関さんが、いない。

何度も無線で連絡を入れているのに、電源が切られているのか応答がないようだ。

洞窟の中に側道はなかったから、迷っていることも考え難い。

そうすると、まだ関さんは洞窟を抜けた先の場所にいるのかもしれない。

関さんを迎えに行こうと提案する仲間と、それを必死に止める木崎さん。一触即発の雰囲気だ。仕方なく和久さんは間に割って入り、折衷案を挙げた。

「とりあえず、一旦は下山して関さんに電話してみましょうよ。遭難を心配する規模の山ではないですし、何より関さんだけはこの山を歩き尽くしているから、もしかしたら違うルートで反対側に下りているかもしれないじゃないですか」

和久さんの説得に一応の妥協点を見出したのか、木崎さんを先頭に山を下りることとなった。関さんのバンガローが見えたところで、ようやく携帯の電波が入る。

仲間たちが見守る中、携帯電話の呼び出し音が響き続ける。一回、二回、三回……

出ない。

言わんこっちゃないとばかりに仲間の一人が口を開きかけたとき、随分不機嫌そうな声で応答があった。紛れもなく、関さんの声だった。

「あ。もしもし、関さんですか。俺です。和久です」

「分かっているよ。だから、何。何の用事？」

無事なのは確かなようだ。明らかに不貞腐れてはいるが、すこぶる元気そうだ。

「関さん。置いていっちゃって申し訳ありません。今、どこにいらっしゃいますか」

「全くだよ。こっちはもうすぐ家に着くよ」

ということは、バンガローの近くだろうか。

自身らは既に到着している旨を告げると、関さんは小馬鹿にしたような溜め息を吐いた。

「何、またくだらない冗談かよ。当たり前に、自宅の方だよ。俺、帰るって言っただろ」

状況が全く読めない和久さんたちに、関さんは怒気を孕んだ口調を隠すことなく、山の中で起きた次第を告げた。

牡鹿を撃ち取り、沢に沈めたところまでは和久さんたちも記憶が一致している。

ただその時点で、関さんは下山しなくてはならない時間になっていた。娘さんの病院の面会にギリギリ間に合うかの瀬戸際だった。新幹線のチケットもまだ買っていない。だから後の処理を頼むと伝えたところで、なぜか和久さんを含めた全員が真顔になったかと思うと、一列になって沢を渡り始めたのだという。

「最初、ふざけているのかと思って肩叩いたり声掛けたりしたんだけど、お前ら、そのまま兵隊の行進みたいに歩いていってしまったんだ。こちらも、おふざけに付き合っている時間がない。だから、先に一人で山を下りたんだよ」

尚も電話口で不満を述べる関さんの話に当惑しながら、和久さんは掛けるべき言葉を失っていた。勿論、スピーカーで話を聞いている仲間たちも、全員が黙り込んでいる。

「で、お前らは一体、何で電話してきたの」

関さんの言葉に和久さんが答えようとしたところを、木崎さんがそっと制した。

「関さん。ふざけすぎました。本当に申し訳ありません。別荘も俺たちで綺麗に片付けて、後で獲った肉も届けに行くので、どうか勘弁してください」

その提案に溜飲が下がったのか、関さんも二、三捨て台詞を吐いて電話を切った。

誰も言葉を紡げなかった。確かに、全員が関さんの先導する姿を見ている。

「あり得ない。洞窟なんてものは最初からない。撃った鹿は、沢に流されちまった」

譫言（うわごと）のようにそう呟きながら、木崎さんは青い顔で唇を噛む。

「木崎さん。あの洞窟を抜けた先に、何があったんですか」

和久さんの問い掛けに、木崎さんは目を瞑ると、諦めたように溜め息を吐いた。

「海だよ。恐ろしく静かな海だ」

その言葉に、和久さんは愕然とする。猟場は内陸県に位置する里山だったのだ。

そこからどうやって解散したのか分からない。

帰りに木崎さんが地元の猟師から関さんに送る鹿肉を調達していたことは覚えているが、以降の記憶は曖昧だという。

翌年以降、同好会が集まることはなくなった。据わりの悪い猟期の終わり方をしたことは勿論一つの要因だが、何より大きかったのは、関さんの失踪である。

ただ、これについては事前に計画され、何なら同好会メンバーにはある程度周知された上での失踪だった。関さんが経営している会社が不況の煽りを受け、倒産したのである。

関さんは負債を自身の妻と娘夫婦に押し付け、隠し金を持って逃亡した。

慎ましく余生を送る分には十分すぎる額であり、本来ならば全従業員の給与に充当する金だった。急遽、会社代表に祀り上げられた妻は心労で倒れ、娘夫婦は離婚と相成った。

一方、関さんは悠々自適のセカンドライフを満喫していた。

なぜそれが分かるかといえば、定期的に関さんから同好会のメンバーに連絡があったからだという。六十を超えてから宛てもなく流れ続ける生活は、幾ら計画的な失踪と言えど心理的負荷が大きかったのだろう。会社に関係する人間とは、話す訳にいかない。日々を慰めるため、学生時代からの友人たちとの対話だけは続けたかったようだ。

それすらも家族に告げられるのを恐れてか、滞在場所の一切を秘匿し、更には公衆電話を用いた上で、自身が今どれだけ自由を謳歌しているか、一方的に語っては電話を切った。

そんな質（たち）の悪い関さんからの連絡に付き合い続けたのは、皆、彼に恩があったからだ。同好会を解散した後、個々の交流は続いていたし、年末には忘年会で一堂に会した。互いに顔を合わせる度に関さんの話題が出たが、彼がどこにいるのかは誰も知らない。

関さんからの連絡が重なるにつれ、彼の電話に妙な変化が現れた。

まず、最も顕著だったのがノイズである。毎度、律儀に公衆電話を使ってくる割りには、どんどん砂嵐のようなノイズが大きくなっていったのだ。電波状況は関係ない。電話ボックスを使っているし、周りに人もいない。それなのに、断続的にざらついた音が鳴り続ける。

次に、関さんの様子だ。前にも増して明るい口調になっていったのだが、会話の内容が少しずつずれていった。過去の話をしていたかと思えば、突然今食べているものについて語り出す。認知症の初期症状のようなものが表れた。それも進行する内に、遂には電話口では絶え間ない関さんの笑い声だけが響くようになった。耐え切れず電話を切っても、すぐさまリダイヤルしてくる。堪りかねて、数人は電話番号ごと変えてしまったほどだ。

仲間内では、関さんはアジアのリゾート地に逃げたのだと推測するものがいた。

あのノイズは、きっと海外由来の電波の悪さだろう。関さんがおかしくなったのは、小金持ちの日本人男性として目を付けられ、現地の人間に毒でも盛られたんじゃないだろうか。

忘年会で口さがなく噂する仲間たちを横目に、和久さんは溜め息を吐いた。

その様子を見かねた木崎さんに声を掛けられ、一服するため、共に喫煙所へと向かう。


「木崎さんも気付いているんでしょう。あのノイズが波の音だって」

紫煙を吐きながら、木崎さんは茶色く汚れた壁をじっと見つめている。

「俺、関さんは今、あの海にいると思うんです。洞窟の向こうに広がっていたっていう、海。だって、最近の関さんからの電話、最早あれは人間の声じゃないですよ」

和久さんの言葉を視線で制すると、木崎さんは煙草を揉み消し、小さく頭を振る。

「あそこは海のように見えたけど、その実、海ではなかったんだと思う」

どういうことだろうか。そう問い掛ける和久さんに、木崎さんはあの日見せたのと全く同じ血走った目で壁を睨みつけると、吐き捨てるように言った。

「地獄だ」

今でも時折、和久さんの携帯電話には関さんからの着信が入ることがある。

通話ボタンを押すと、電話口から聞こえてくるのは静かな波音だ。

寄せては返す穏やかな音に、時折、微かではあるが関さんの絶叫が混じるのだという。

神殺し

夜馬裕

斎藤さんは五十代まで、北関東にある生まれ故郷で林業をしながら暮らしていた。

家の周辺に幾つか山林を保有しており、小規模ではあるが祖父の代から続く会社を経営していたので、木材の生産と販売で生計を立てていた。


ただ、林業と一口に言っても、その仕事内容は多岐に亘る。

山に入って木を伐採し、それを工場で製材して、流通に乗せて販売する。これだけでも、山の中、工場、事務作業と三種類あるわけだが、そもそも単に木を切るだけではなく、山林を維持管理する仕事でもあるので、間伐（かんばつ）や主伐（しゅばつ）の時期、伐採量など計画を練る必要がある。

そのためには、木の高さや太さ、本数などを調べる森林調査も必要で、木の密度が高くなれば間伐する本数と伐採の時期も決めなくてはいけない。

当然、伐採した木材は運搬する必要があるので、まずそのための作業道や林道を造ることになるし、運搬をするにはトラックの運転ができなくてはいけない。

もちろん伐採だけでは山を維持できないので、並行して苗木の植林もするし、木が草に負けない大きさに育つまで、下刈りと呼ばれる、草刈りの作業も行う。

山そのものを育て、維持していく仕事であるから、本気で向き合おうと思うなら、生半可な覚悟でやれる仕事ではない。まして自然を相手にする仕事であるから、人の思い通りにいくことのほうが少ないくらいで、それでも計画し、管理して里山を守らなければ、山の恩恵を受けてその麓に暮らすことはできなくなる。


「山というものは、本来は神と獣の領域で、みだりに人が立ち入る場所ではありません。それでも山の恩恵を受けなければ人は生きていけませんから、その麓に里を作り、山や獣の理(ことわり)とは逸脱したやり方で、山と共生する方法を模索して暮らしてきました。林業とはいわば、その集大成みたいなものですよ」


決して楽な仕事ではないが、斎藤さんはそうした誇りを持って山の仕事を続けていた。

だから一九九〇年、バブル景気と相俟(あいま)ったリゾート開発ブームで、某不動産開発会社から破格の金額で山を売ってほしいと言われた時も、斎藤さんはきっぱりと断った。

もちろん、十数億という金額に、心が動かなかったわけではない。それでも断ることに決めたのは、山に生きてきた男の矜持(きょうじ)と、一人息子の謙佑(けんすけ)さんのためだった。

謙佑さんは、軽度の知的障害を持って生まれてきた。

幼い頃は親もわからなかったのだが、小学校に通うようになると、同級生との意思疎通がうまくいかない、物事の理解が遅くて授業についていけない、人間関係で臨機応変な対応ができないなど、徐々に問題が増えていき、最終的には「軽度知的障害」と診断された。

もしかすると、今で言う自閉症スペクトラム障害も併存していた可能性はあるが、当時は医療も教育も発達障害に対する理解度が低かったので、ひとくくりに「障害児」という扱いを受けてしまい、世間の心ない対応に、斎藤さん一家は傷つけられることも多かった。


学校の勉強はまったくできなかった謙佑さんだが、とにかく自然が大好きで、山に入ると見違えるように生き生きとする。しかも警戒心の強い野生の鳥や獣が、なぜか謙佑さんの近くには寄ってくるので、これには斎藤さんも驚かされた。

山で安全に過ごすには、学ばなければいけない事柄が多い。勉強の苦手な息子に、それができるかと心配していたが、不思議と山に関することだけは、斎藤さんが多くを教えずとも、まるで生まれながらに知っていたかのように、するすると知識を吸収していく。

一緒に山に入っても、危険な場所は本能的に理解できるようで、斎藤さんが注意する前に、謙佑さんのほうが先回りして「お父さん、そっちの木は腐ってるから踏んだら危ない」とか

「あの木の洞には蜂の巣があるから近づかないほうがいいよ」などと言ってくる。

さらには、教えた覚えがないのに、毒のある植物やキノコを見分けたり、「もうすぐ鹿の赤ちゃんが生まれる時期だね」と喜んだりして、山の生態系や動植物についても、長年山で働いてきた斎藤さんが吃驚するほど、多くの知識を身に付けていった。

あまり喋らない謙佑さんは、学校ではまるで友達ができなかったが、そのぶん時間さえあれば山に行きたがり、小学校高学年になると、斎藤さんでも苦労する山の難所をスルスルと通り抜けるようになっていた。

中学生になっても相変わらず友達はできないままだったが、山で鍛えた身体は学年で一番大きかったので、昔のように目立って苛められることは少なくなった。

運動神経も抜群だったので、担任からは運動部に入るよう勧められたが、謙佑さんはそれを頑なに断って、学校行事にも、同級生にも何の関心も示さなかったため、やがて教師たちからも疎まれてしまい、親の身としては随分と困ることも多かった。

そんな謙佑さんを見て、周りの人間は「人よりも獣に近い」とか「あれは猿の子だ」などと陰口を叩いたりしたが、斎藤さんもまた、時間さえあれば山で過ごす息子を見て、まるで山に魅入られているようだと、一抹の不安を覚えずにはいられなかった。

だから山を売ってくれと言われた時、最初に斎藤さんの頭に浮かんだのは、十数億円の使い途ではなく、山を売ったら悲しむであろう謙佑さんの顔だった。

もちろん、売るも売らないも、一人で決められる事ではない。

妻に相談するのはもちろんだが、高校生になっていた謙佑さんにも、この先どうしたいかを率直に聞いてみることにした。

息子はそろそろ将来の進路を決めなくてはいけないが、親の仕事を受け継ぐとはいっても、山へ入る仕事以外はできないだろうから、林業の経営をまかせることは難しい。その点、山を売って十数億円が手に入るなら、障害のある息子だって一生働かずに生きていける。


金額を聞いた妻は目を丸くしたものの、「先祖代々の山を売ったらバチが当たる」と言って、すぐさま首を横に振った。

家の裏手には、山の神と祖先を祀ったお社があるのだが、妻は毎日このお社を掃除して、お供え物をし、朝晩手を合わせて祈っている。斎藤さんの妻は、祖先の霊と、そして先祖代々大切にしてきた山の神に対しては、斎藤さんよりも遥かに信心深かった。

そして謙佑さんは案の定、「絶対に売らないで」と激しい拒否反応を示し、将来の話などには耳を貸さず、「イヤだ、イヤだ」の一点張りで、終いには幼子のように泣いてしまった。

斎藤さんも、山を守り、山と生きてきた意地があるので、決して売りたいわけではないし、会社経営をする身としては、従業員の生活にも責任を持ちたい。

家族がそれで良いのなら……と心が決まった斎藤さんは、先方に断りの連絡を入れたところ、その返事を予想していなかった不動産開発会社は大いに焦ったようで、金額の変更や追加条件の提示など、あの手この手でしつこく連絡をとってきた。

やがて、斎藤さんの意志が固いのを見てとると、今度は地元の議員や役場、自治会など、周囲を巻き込んで圧力をかける方向に舵を切ってきた。

実際、これはなかなかきつかった。役場の人間が菓子折りを持って家を訪ね、地域の発展のために協力してもらえないかと頭を下げてきたり、議員から電話がかかってきたり、もうありとあらゆる人間から「山を売れ」と言われ続ける。

従業員の中には、この会社で働いていると、みんなに裏切り者だと言われるから、仕事を辞めたいという者まで現れる始末で、斎藤さんはほとほと疲れてしまった。

それでも息子の哀しむ顔を見たくない一心から、斎藤さんはどんな圧力にも耐え続けるうちに、「山を売れ」という声は徐々に小さくなっていった。

ところが斎藤さんには、山に関してもうひとつ心配の種があった。

謙佑さんが、山奥のあり得ない場所で目撃されるようになったのだ。

山を管理するということは、山に棲む獣の数もまた、適切に維持する必要がある。

植栽木を獣から守るため、防護柵の設置や忌避剤の塗布などは行っているが、獣の数が増えるとそれだけでは被害が抑えられない。

そういう時は害獣として駆除するしかないのだが、その年はとにかく鹿が多かったので、猟期に入るとすぐ、地元の猟友会に罠猟で鹿の数を減らしてもらうよう依頼していた。

猟師たちは、普段斎藤さんが仕事で入るより、さらに山の奥へと入ることが多いのだが、山に入った猟師数名から、山奥で謙佑さんを見たという目撃談を聞かされたのだ。

渓流の流れる深い谷を挟んだ向こう側、決して人の足では立ち入れない岩壁の上で横になり、太陽を浴びながら、まるで日向ぼっこをするように眠る謙佑さんの姿を見かけた。

山奥まで分け入ると、突然霧が濃くなった。霧が晴れるまでその場に座っていたのだが、その途中、まるで道が見えているかのように、さらに奥へ行く謙佑さんの姿を見た。

あり得ないような話を猟師からいくつか聞かされたので、斎藤さんは謙佑さんに尋ねてみると、「うん」と事もなげに頷かれてしまった。

それどころか、謙佑さんは信じられないような話をしはじめた。


山に入っている間は、危険な岩場でも、濃い霧の中でも、ここを通れば良いという、光の帯が見えるので、それを辿ればどこにでも行ける。

とくに霧の深い日に山へ行くと、濃霧の先にしか見つからない平らな岩と水場があって、そこには他よりも賢い獣たちが集っているので、最近はよくそこへ通っている。

もうすぐ次の山の主を決めるので、僕が選ばれないかと楽しみにしている。


日々山で働く斎藤さんですらお伽話に聞こえるような事を、謙佑さんはさも当たり前のように淡々と語るので、斎藤さんはすっかり不安になってしまった。

そこでこの話を、懇意にしている年配の猟師に相談したところ、「とても危険な状態だ」と即答された。さらには、「最近、カミサマの山に深い霧がかかっている。そういう年は新しい山の主が選ばれるので、このままだと、お前の息子は山に盗られるぞ」とも言われた。

年配の猟師が「カミサマの山」と呼んでいるのは、まさに斎藤さんの家のすぐ裏手にある山のことで、標高は他より低いのだが、霧が出やすく険しい崖など難所も多い。そのせいか、この辺り一帯を統べる山の神様が棲んでいると、古くから言い伝えのある山であった。

そしてこれは、斎藤家が代々、祖先とともにお社へと祀り、斎藤さんの妻が日々手を合わせている対象でもあった。

斎藤さんだって縁起は担ぐから、事業所の神棚には手を合わせるし、たまには家の裏手にあるお社にだってお参りする。

でも自分の山を守り、維持管理してきたのは、他ならぬ自分自身だ。神は間伐なんてしてくれないし、害獣の数だって調整してくれない。ここら一帯に土砂崩れが起こらないよう、山の状態に気を配っているのもやっぱり自分だ。

だから正直なところ、神様なんていようがいまいがどうでもいい。そう思ってきた斎藤さんにとって、「山の神に選ばれて、息子が山の主になる」と言われても、どうすればいいのかまったくわからなかった。

その晩、斎藤さんがこの話をすると、妻は酷く暗い表情になった。

「あなた、私たちに相談した時、一回は山を売っても構わないと思ったでしょう。

普段から信心が足りないから、神様のほうもあなたのことを信じてないんですよ。

息子が山の主になり、山の中で暮らすようになれば、父親は山を売れないだろう。神様はきっと、そう考えたんじゃないですか。

だとしたら謙佑は、あなたの傲慢さと不信心のせいで、人質になるようなもんです。お願いだから心を入れ替えて、神様と祖先の魂に、許しを請うてくださいな」


妻にそう諭されても、斎藤さんはどこか納得いかない気分だった。

斎藤家は代々、山を守り、大切にしながら生きてきた。山は生活そのものだから、ないがしろになどしたこともないのに、ただ信心が足りないからと子どもを奪うなんて、神であっても許されるのか。傲慢なのはどちらのほうだ。

そんな想いをぶつけてみると、妻はゾッとするほど冷たい口調で返事をした。

「当たり前でしょう。神様ってそういうものです。何も悪いことをしていなくたって、私たちが虫を踏み潰すように、神様だって気紛れに人を踏みますよ。でも噛んだり刺したりする虫は、明確な意志をもって殺すでしょう。神様だって、逆らえば人を殺します。私たちは、神様からすれば虫なんです。私たちは、祖先の魂を敬って、神様に平伏すればいいんです。長年山で生きてきて、そんなこともわからないんですか」

この日を境に、斎藤さんは毎日お社へ手を合わせ、「息子は盗らないでくれ」と真剣に祈りを捧げ続けた。でも、謙佑さんの様子は日を増しておかしくなり、学校にも行かず山へ入り浸りのことが多くなり、「山へ行くな」と言っても、まるで言う事を聞いてくれない。

一方、妻は諦めた様子になり、「考えてみれば謙佑は、幼い頃から山の獣に懐かれるような子どもでした。きっと生まれながらに、山の神様に選ばれたのでしょう」と、達観したようなことを言い出した。

それは、とりわけ霧が濃い日だった。

斎藤さんは相談した猟師から、「山の主は、一番霧の濃い日に選ばれる。だから濃霧の日は、息子を外に出さないほうがいい」と注意を受けていた。

裏の山が、見たこともないほど白い霧に覆われているのを見て、「おそらく今日だ」と直感した斎藤さんは、妻に手伝わせると、二人がかりで謙佑さんを柱に紐で縛りつけた。

外に行きたがる謙佑さんを、「今日だけは我慢しなさい」と強く諭して、お手洗いに行く時すらも、腰に紐を結んで、勝手に逃げ出さないよう見張っていた。

激しく抵抗するかと思いきや、息子は大人しく斎藤さんの言うことに従っている。

このまま一日やり過ごせば、どうにかなるのではないか。

斎藤さんがそう思っていると、裏の山からは、まるで雲海のような白い霧がゆっくりと降りてきて、気づくと家の周りは、濃い霧に覆われていた。

窓の外は、何も見えないほど真っ白になっているので、驚いた斎藤さんは、外の様子を確認しようと窓を少しだけ開けた。

その途端、突風が吹き込んで、部屋の中が一気に白い霧で覆われた。

急いで窓を閉めて換気扇をつけると、一分も経てば霧はすべてなくなったが、柱に結んだままの紐を遺し、文字通り煙のように謙佑さんの姿が消えてしまった。

斎藤さんは急いで後を追おうとしたが、霧が濃過ぎて、山に近づくことすらできない。

知り合いの猟師や消防団にも頼んだが、誰一人、霧の中で息子を探せる者はいなかった。


三日経ち、十日経ち、一か月が過ぎた。

霧が晴れた後は、何度も裏の山にも探しに行ったが、謙佑さんの姿はおろか、わずかな痕跡すら見つけることができなかった。

警察も、消防も、林業の仲間も、猟師も、そして自分の妻すらも諦める中、斎藤さんだけは諦めずに探し続けた。裏の山だけでなく、車を走らせて一帯を巡り、息子の姿がどこかにないか、毎日、血眼になって探し回った。

同時に、斎藤さんはお社にも足繁く通い、朝昼晩と手を合わせ、お願いだから息子を返してくれ、自分から取り上げないでくれと必死に祈り続けた。

なのに、いつまで経っても、謙佑さんは帰って来ない。


謙佑さんが消えてから三か月。

へりくだって神へ祈り続けていた斎藤さんに、とうとう我慢の限界が訪れた。

これまで山を維持し、管理してきたのは誰だと思っている。

山の恵みなどと偉そうに言っても、苗木を植林して、丁寧に育ててきたのは、祖父や父や自分自身だ。それに比べて、神はいったい何をしてくれた。

十数億円の大金を捨て、多くの人に責められても耐え続け、それでも山は売らないと突っぱねてきたのに、平然と大切な息子を取り上げることができるなんて、本当に許せない。

これが代々、山に仕えてきた斎藤家にする仕打ちなのか。いいだろう。人を馬鹿にして扱うなら、こちらにだって考えがある。バチでもなんでも当ててみろ。

怒り心頭の斎藤さんは、仕事で使う重機を動かすと、先祖代々受け継がれてきたお社を、小さな木片になるまで徹底的に叩き壊した。

それから数日後のこと。

斎藤さんがトラックに乗って、山へ向かう道を走っていると、道端に設置された電話ボックスの影から、一匹の鹿がひょっこりと姿を現した。

普通なら車を停めて、鹿が道路を横切るのを待つのだが、今の斎藤さんには、山の獣すら神の使いのような気がして、姿を見るだけで不愉快になった。

こっちは木材を運ぶ大型のトラックだ。鹿の一匹跳ねたところで壊れはしない。

そのままアクセルを踏み込むと、斎藤さんは思いきり鹿を跳ね飛ばした。

強い衝撃があり、鹿の身体は弾けるように吹き飛び、上半身の一部は道路脇へ転がって、残りはトラックの下へ吸い込まれていった。

ざまあみろ。そう思ってからふと、妙な違和感を覚えた。

上半身の一部は道路脇に転がって……。ん？　上半身……？

斎藤さんは急いでブレーキを踏むと、トラックから降りて、今自分が粉々に跳ね飛ばしたものを恐る恐る確かめに戻った。

それが探し続けていた自分の息子だと気づいた時、斎藤さんは声が嗄れるまで、延々と悲鳴を上げ続けた。

後で判明したことだが、斎藤さんの家の留守番電話には、謙佑さんからのメッセージが残されていた。まったく記憶がない。どうしてここにいるかもわからない。見覚えのある電話ボックスを見つけたから、ポケットにあった百円玉で家にかけた。ここで待っているから迎えに来てほしい。そんな内容が録音されていた。

電話がかかってきた時、斎藤さんは運転中で、妻は壊れたお社を建て直そうとしていたところで、どちらも電話に出ることができなかった。

でも、父親のトラックを見た謙佑さんは、てっきり留守番電話を聞いて迎えに来てくれたとばかり思い込み、電話ボックス脇から、トラックの前に飛び出してしまった……。

そうした不幸な偶然が積み重なった結果として判断され、罪には問われたものの、執行猶予付きの判決になった。

斎藤さんは会社を畳むと、不動産開発会社に連絡をして山を売ると連絡した。

息子が死んでからは、妻も神に手を合わせることはなくなり、山を売る話をしても反対されなかった。ただ、「これで山は死ぬし、神様も消えるね」と寂しそうに呟くだけだった。

しかし、折しもバブル景気がはじけてしまったので、契約を進めている際中、相手の会社は急速に資金繰りが悪化。債務超過で倒産してしまい、売却には至らなかった。

それでも斎藤さんは、息子を殺したこの山を売ってやる、潰してやるという執念に取り憑かれていたので、様々な相手に打診して、最終的には一番高い買い取り額を提示した、明らかに裏社会のフロント企業と思しき、いかがわしい業者へ売却することを決めた。

こうなると、今度は地元の人たちから、山を売らないでくれ、大切な山を守ってくれと頼まれたが、斎藤さんは一切聞く耳を持たなかった。

裏の山は採石場になったので、山は崩され、切り拓かれた。

もう深い霧がかかることもなくなり、獣の姿も消えていった。

やがて採石場が稼働しなくなると、今度は不法投棄に利用されるようになった。

斎藤さんは、山を売却後も、しばらくはその土地から離れなかった。

息子殺しと陰口を叩かれても、山を売った裏切り者と罵（ののし）られても、山が壊される様を間近で見るため、その場所に残り続けた。

そして、かつては神が棲むと言われた山が、ただの大きなゴミ箱になったのを確認して、ようやく生まれ育った土地から出ていくことを決めた。

人生の後半は、まともに働くこともなく、山を売ったお金で、妻と二人細々と暮らした。

妻との会話はあまりなかったが、仲の悪い夫婦ではなかった。

ただ二人とも、人生を楽しむということができなくなっていた。

そしてとうとう、妻が癌で亡くなった。

妻は亡くなる直前、斎藤さんに「地獄で待ってるね」と言った。

「私たちは、息子を殺して、山を殺して、神を殺して、故郷を殺した。あなたはきっと、それをしたのは全部自分だと言うでしょう。でも私は、それを止めようと思わなかった。あなたと同じように、いい気味だ、と心の中で笑った。だから必ず地獄に堕ちる。それでもいいと思って、あなたと最期までいたのよ」

「私は妻の言葉を聞いて、どんな思いで、どんな覚悟で一緒にいてくれたのかを知りました。でもね、やっぱり地獄に堕ちるのは、息子を殺し、妻を道連れにした私だけです。実は私も、癌を患っていることが先日わかりました。もう長くはないでしょう。最期にこの話を誰かに聞いてほしかった。ただ、あなたが誰かに話すのは少し待ってください。私が亡くなった後なら、本に書いていただいても、喋ってくれても構わないので」

この話を聞かせてくれた斎藤さんは、享年八十四歳で黄泉の国へ旅立った。

彼の行き先がどこであるにせよ、家族で再会できていることを願ってやまない。

第二ノ扉　海川

海底のまち

若本衣織

その年は、やけに海難事故が頻発したそうだ。

年の初めに船舶事故が起こり、死者と行方不明者が出た。春ごろからマリンスポーツでの事故が増え、海水浴シーズンになると事故発生件数がピークに達した。レジャーで訪れた観光客だけではなく、地元の若者が泥酔状態で海に入ったまま戻ってこない、釣り人が高波に攫われて見付からない、大時化（おおしけ）のときに船を見に行った漁業関係者が帰ってこない。

そういった不幸な出来事が相次いだ年だった。


潮田（しおた）さんがサーフィン中に事故に遭ったのも、同年十月のことである。

ベテランサーファーにとって、八月から十月は特に浮き足立つ季節だ。台風や大型の低気圧は大雨と強風で海を巻き上げ、グランドスウェルと呼ばれる巨大なうねりを伴う大波を届けてくれる。所謂（いわゆる）掘れた波、大きな傾斜を伴い断面が抉（えぐ）れた波が発生しやすくなるのだ。

一方で、カレントと呼ばれる離岸流が予測も付かない場所で発生するほか、海中のごみや漂流物なども増える。当然、重大なアクシデントに繋がるリスクも飛躍的に上がる。

そんな危険と隣り合わせの日でも、潮田さんは多少なりとも腕に覚えがあった。

サーフィン好きが高じて、今では自ら船を操り沿岸漁業で身を立てている。朝早く起きて船に乗り、日が沈むまでの間は波に乗る。食事と睡眠以外のほとんどの時間を海上で過ごしているだけあって、誰よりも地元の海を知り尽くしているという自負があった。


台風一過のある日。

その日は早々に漁を終え、潮田さんは朝からサーフボードを手に大波へ挑んでいた。

コンディションは最高潮だった。いつもよりサイズアップした波が容赦なく押し寄せてくる中、潮田さんは聳(そび)える波壁を次々と攻略していく。爽快だった。

一時間ほど乗ったところで、胸に小さな違和感を覚えた。いつもより早く起きたこともあって、いささか身体に負担が掛かっているのは間違いない。適度に休憩を取ろうとは思っていたが、目の前でうねる波を見ると、居ても立っても居られなかった。

波に乗り始めて二時間。そろそろ休憩を挟もうかと思ったところで、良い形の波が彼方より立て続けにやってくるのが見えた。逃すのは惜しい台風スウェルだ。

あれだけ乗ったら、一旦休もう。

絶好のサーフポイントを求めて、今この瞬間にも続々とサーファーがこの場所へ押し寄せている。混雑で波待ちするのも、ビジターサーファーに場を明け渡すのも癪だった。

どうせなら、乗れる内に乗っておきたい。パドリングする手にも力がこもる。大小様々な波を躱し、いよいよ本命の大波がすぐ近くに迫ってきた。

さあ、立ち上がろう。

ボードに足を載せた瞬間だった。経験したことのない痛みが胸を襲った。例えるなら、巨大な鉄パイプで胸部を貫かれたような痛みだった。

ボードの上で立ち上がりかけた身体は大きくバランスを崩し、あっという間に足が板から離れていった。フリーフォール。数メートル下の海の中へと垂直落下していく。白い泡と青い波と黒い水底が視界の中でごちゃ混ぜになる。

息ができない。

藻掻けば藻掻くほど、身体が沈んでいく。

波に揉まれて激しく回転していた身体が、一瞬だけ上を向いた。海面は遥か彼方。ボードと足を繋ぐリーシュコードが限界まで張り詰め、白く揺らめく太陽の光へと繋がっていた。

まるでお釈迦様が垂らした蜘蛛の糸のようだ。

そう思った直後、電源を落とすかのように潮田さんの意識は消失した。

目を開けると、潮田さんは誰もいない浜辺で大の字になっていた。ぼんやりと辺りを見回す。ここはどこか。どうやって辿り着いたのか。覚えがなかった。既に周囲は薄青い闇の中に沈んでいる。夕刻から夜に掛けての時間帯だろうか。生憎、時計は持っていない。急に肌寒さを覚え、思わず身体を摩る。自身の格好を見て、どことなく合点がいった。ウエットスーツを着ているということは、波に呑まれた後に、ここへ辿り着いたのだろう。見たところ、身体に大きな怪我はない。どこかで捻ったのか左足首だけが異様に重怠かった。

困ったのは、この場所の見当が全く付かないところである。

薄闇の中で目を凝らしても、白い砂利が地平線の果てまで延々と続いているだけである。踏みしめるとシャリシャリと軽やかな音がする。石灰質のようだ。下を向きながら歩いていると、仏像の形のような小石が目に付いた。死んだ珊瑚かと思って手に取ってみたものの、どうも違うようだ。握り込んでみると、思いのほか硬い。いよいよ、こんな砂質が続くような場所は国内ですら思い浮かばなかった。

先ほど拾った石を手の中で弄びながら当て所なく彷徨っていると、遥か向こうにぼんやりと佇む黒い人影が見えた。どこかで見たことがあるような佇まいだが、誰かは分からない。堪らず、潮田さんは駆け出す。この際、人間ならば誰でも良かった。

徐々に姿が明確になるにつれて、どことなく覚えていた懐かしさの正体が分かった。

「やっぱり、網代（あじろ）さんだ」

潮田さんがそう呼び掛けると、浅黒い肌の男はにやりと白い歯を見せて笑った。

何年ぶりの再会だろう。

十年、いやもっと経っているかもしれない。

網代さんは大きく節張った手で潮田さんの背中を何度も叩いた。それが不器用な彼の挨拶であり、親愛の証でもある。岩牡蠣（いわがき）のようにごつごつした触感に、潮田さんの口元が綻ぶ。

変わっていない。

いや、変わるはずがない。

何せ、もう十年も前に網代さんのときは永久に止まっている。高潮の日に漁に出たきり、彼は戻っていなかった。まだ若造だった潮田さんを不器用に導いてくれた先輩は、波間に姿を消してしまった。翌日、穏やかに煌めく海には、網代さんの空の船だけが浮いていた。

どんな形であっても、再びこうして会えるのは嬉しいことだった。

仄青く沈んだ世界の中を、潮田さんと網代さんは肩を並べながら歩き出した。

一時間も歩いた頃だろうか。急に開けた視界の奥に、建造物らしきものが姿を現した。延々と白砂利だけが続いていた風景の唐突な変化に、潮田さんは微かに戸惑いを覚えた。

まるで区画されているかのように、大きくて白い箱がずらりと並んでいる。

何となく、ニュータウンという言葉が頭を過ぎった。それらの形状は家のようではあるものの、玄関戸がなく、暗い窓だけが一つ、白い壁の真ん中に浮いている。

住宅街があるということは、人が住んでいるということだろうか。

そう思いながら一軒一軒、窓の内側を覗いて回るが、中は殺風景で人の姿は見えない。ただ目を逸らした瞬間だけ、視界の端に影が過ぎったり、窓枠から細かい泡が漏れたりする。得体の知れない何かが確かに潜んでいる気配に、潮田さんは薄ら寒さを覚えた。

暫くは、そうやって家々の間を縫うようにして歩いた。

住宅の規模は大小様々だったが、全て立方体であり、作られている材質も同じような石灰質である。横をすり抜ける際に指先で壁を撫でてみると、砂壁のようなざらざらとした感触と、ひんやりとした余韻がいつまでも指の腹に残り続けた。

箱の整列は延々と続いた。

「この中に、網代さんのもあるんですか」

何の気なしに潮田さんが尋ねると、網代さんは箱と箱の間に挟まれるようにして建っている、窮屈そうな白い建物を指差した。それは周りに比べて一際小さく、端の方が少し欠けていて見るからにみすぼらしいものだった。

ああ、これは確かに網代さんのものだろうな。

なぜか妙に納得した潮田さんだったが、途端に強烈な虚しさが胸を衝いた。

優しくて不器用な網代さんが、正当に扱われていないようで物悲しくなったのだ。

ただそれを網代さんに悟られまいとして、当たり障りのない誉め言葉を二、三返した。


更に歩みを進めていくと、それまで平坦だった道の果てに小高い丘が見えた。

よくよく目を凝らすと、その丘の上にはえらく立派な邸宅が広がっている。

まるで竜宮城のようだ。

一目見て、この建造物だけは何か特別なものであると直感した。

「あれは何ですか」

潮田さんがそう問い掛けると、網代さんは何事か言葉を呟いた。しかし、どういう訳かごぼごぼと妙なノイズが声に重なってしまい、内容が届かない。再度、潮田さんは同じ質問を繰り返す。網代さんもそれに答えるが、どうにも聞こえない。嚙み合わない会話が続く。

網代さんの言葉を解そうと頭を巡らす内に、少しずつ潮田さんの思考が明瞭になっていった。まるで、夢から醒めるような感覚である。

それに伴い、今更ながら幾つもの違和感が泡のように噴き上がってきた。

ここは一体どこなのか。

いつになったら夜闇が満ちるのか。

死んだはずの網代さんがなぜここにいるのか。

足元で砂利が鳴く。下を向くと同時に、忘れていた左足首の痛みが熱を帯びた。思わず手を当てようとしたとき、今まで握り締めていた拳の中身を思い出した。

ゆっくり指を解くと、先ほど拾った白い小石が掌の上で静かに震えている。

「あれは、――――だよ」

急に、それまで重なっていた雑音が治まった。

網代さんは相変わらず、どこか恥ずかしそうな、ぎこちない微笑みを浮かべている。

「あれは、安徳天皇が御座す場所だよ」

そう厳かに告げると、網代さんはぎゅっと口を結び、澱んだ目で潮田さんを見つめた。

恐ろしく静かだった。もう網代さんは笑っていなかった。

無数の箱の一つ一つから強烈な視線を注がれていることに、潮田さんは気付いていた。

痛みとともに忘れ去っていた恐怖心が、足元からざわざわと這い上がってくるのを感じる。

叫び出しそうになったが、声が出なかった。代わりに、ごぼっと大きな泡を吐き出した。

白い泡は幾つかの丸に分離しながら、青い闇の中をゆっくりと浮上していく。それらを目で追うと、遥か頭上に月のようなものが浮かんでいる。そこから、一本の紐が降りていた。

ああ、蜘蛛の糸だ。

思わず手を伸ばした瞬間、急に視界が激しく揺れ出した。

あまりの苦しさに息を吸い込もうとするも、塩水が喉を灼き、呼吸することが敵わない。

苦しい。苦しい。苦しい。

藻掻き苦しみながら、拳をぎゅっと握り込む。

もう一度思い切り叫び出そうとしたところで、急に視界が明るくなった。あまりの光量に目が眩む。周りが騒がしい。何かを話し掛けられているが、全く理解できなかった。

許容範囲を超えた色彩、熱気、騒音。猛烈な吐き気が込み上げ、思い切り嘔吐する。ラクダ色の砂に、吐瀉物が染み込んでいく。音割れしていた世界が、少しずつ意味を成す言葉へと繋がっていくのを感じた。

「大丈夫ですか」

ぼやけた視界の中で、自身と同じようなウエットスーツ姿の男が心配そうに覗き込んでいるのが分かった。何度か一緒になったこともある、地元の若いサーファーだった。潮田さんたちを取り囲むようにして、赤黒く灼けた肌の男女が心配そうに覗き込んでいる。

何か応えようと思ったが、ひりつく喉からは弱々しい喘鳴しか出なかった。

「貴方、溺れたんですよ。今救急車が来ますから、乗ってくださいね」

そう言って若いサーファーはテキパキと周りに指示を出す。潮田さんもどうにか起き上がろうとしたが、胸の痛みが酷く、瞳以外動かすことができなかった。

左足首に鈍痛を覚え、そちらに視線を遣る。伸びきり、ちぎれ掛かったリーシュコードの先には、きちんとサーフボードが繋がれている。

折れてはいないか。傷ついてはいないか。

こいつは自分の命と同じくらい大切なものなんだ。

サーフボードを指差そうと思った瞬間、自身が何か硬いものを握り込んでいたことに気が付いた。急に、掌に穴が開いたかのような冷たさが広がっていく。見るまでもない。あの場所で、地面に敷き詰められていた小石が手の中にあるのは間違いなかった。

どうにか手放そうとしても、指が開かない。まるで自分の身体ではないみたいだった。

そう思った途端、全てがどうでも良くなった。自身はもう死んだのだと、諦めが付いた。

遠くに聞こえるサイレンの音に耳を傾けながら、潮田さんはゆっくりと意識を手放した。

結局、胸の痛みは急性の心筋梗塞だった。

症状自体は軽度であったが、溺水による低酸素症の治療も併せて、潮田さんは一カ月近い入院を余儀なくされた。臓器の損傷は甚大だったが、奇跡的に大きな後遺症もなかった。

退院後、潮田さんは自身を救助してくれたサーファーを探し出し、御礼を伝えに訪ねた。相手方も地元出身の気のいい若者で、元気そうな潮田さんの姿を見て安心したようだった。

暫く歓談したのち、若者は退院祝いだと言って五センチ四方の小さな包みを取り出した。開けてみると、中には綺麗にラッピングされたネックレスが入っている。

「潮田さんを引き揚げたときに、後生大事に握り込んでいたんです。会ったときに返そうと思っていたんですけど、俺の彼女が『こっちの方が身に付けやすいから』って勝手にネックレスにしちゃって」

シルバーの十字架と羽根に挟まれて、真ん中にはあの白い小石があった。御丁寧にも小石の先端にはヒートンが捻じ込まれ、群青色の革紐に通されている。潮田さんは笑いながら御礼を言って、それを首から下げた。

彼女も喜びます。そう言って、若者は破顔した。


そんな体験をした今でも、潮田さんはサーフィンを続けている。

長期間のブランク後、初めて海に入ったときは湧き上がる恐怖に足が震えたという。漁船の操舵席にいるときや浅瀬を泳ぐときには覚えなかった感情が、いざ間近に海の青が迫る度、仄暗い街並みの記憶をまざまざと蘇らせた。

夕方も苦手になった。特に日がほとんど沈み、世界が薄闇に沈む瞬間だ。ただ、あのときに見た建物とは違い、家々が黒く闇に塗り潰されていく様を見ると胸を撫で下ろした。

貰ったペンダントは、海に出るときは必ず身に付けている。

海の塩にやられて羽根と十字架のモチーフは早々に朽ちてしまったが、あの白い石だけはヒートンが抜け落ちることすらなく、健気に革紐へぶら下がり続けていた。


あの事故から三年後、潮田さんは地元の居酒屋で漁師仲間と呑んでいる際、たまたま観光で訪れていたという男性に声を掛けられた。丁度仲間たちにせがまれて、あの日に体験した海底の街の話をしていた直後だった。

「すみません。お話が聞こえてしまったのですが」

そう切り出した男性は、何某か小難しい医療関係職だと名乗り、潮田さんが付けているペンダントを見せてほしいとせがんだ。潮田さんは、快くそれに応じた。

男性は暫し真剣そうな顔でその白い石を触った後、暗い顔で言ったそうだ。

「これは指の骨ですね」

潮田さんは、その言葉を聞いた瞬間、何かが胸にストンと落ちた気がした。

海難事故の発生件数は、一時よりも落ち着いた。

それでもまだ、海から戻らぬ者もいる。

サーフィンをする際、潮田さんは常にペンダントとリーシュコードだけは忘れないように身に付けている。この二本の紐が、自身を海底から遠ざけてくれる魔除けであり、戒めだ。


一連の体験は所謂「臨死体験」だとしつつも、潮田さんは海底の街の存在を信じている。

高波に向かってパドリングをする際、時折、左足首に付けられたリーシュコードが何者かに引っ張られる感覚に陥ることがあるという。そんなときの海は一段と青く、そして暗い。

潮田さんは、いつか自身が再びあの街に戻る日が来るだろうと予測している。

海に魅せられ、海に生き、海から糧を得ている以上、そのリスクは誰よりも高い。

しかし、悪いことばかりではない。

海に消えた仲間がいる。波の下にも街がある。

「竜宮城というには寒々しい場所だが、何だか時々、無性に懐かしくなるんだよ」

そう言って海を見つめる潮田さんの胸元には、白い小石が揺れていた。

毒水の女神

夜馬裕

温泉巡りも趣味のひとつである私は、特に二十代から三十代の前半まで、「源泉掛け流し」の温泉を巡ることに凝っていた。

日本温泉協会は、これを「新しい源泉を常時浴槽に注ぎ続けて溢れさせる状態」と定義しており、溢れたお湯は再利用せず、浴槽内でお湯を循環させたりもしない、湧き出た温泉水だけを使用する贅沢な温泉のことを指している。

もちろん自然状態の温泉水が必ずしも入浴に適しているとは限らないので、源泉に対して温度調整のための僅かな加水や加温、塩素消毒などの方法を取ることは許されており、それすら一切ない温泉のことを「源泉一〇〇％掛け流し」と呼ぶ。

雰囲気重視の私は、一〇〇％掛け流しまでは求めなかったが、それでも溢れる源泉、歴史ある温泉建築、そして鄙びた風情を味わうために、様々な温泉地を巡ったものだ。

さて、私が二十九歳の秋、過酷な記者仕事の合間を縫って訪れた先は、地名など詳細は伏せるものの、乳白色の湯が大変に心地良い、東北の歴史ある温泉地であった。

高校時代の部活で腰を痛めてしまっており、若いうちから腰痛に悩まされていた私には、温泉巡りはちょっとした湯治も兼ねていた。

その日もお湯に浸かりながら、ううーっ、効く……などと年寄りじみた呻きをあげていると、近くにいた三十代くらいの男性が、「こちらにはお一人で？」と声をかけてきた。

この男性も一人で訪れており、家族連れや恋人たちの溢れる宿の喫茶室で、私が一人黙々と珈琲を飲んでいるのを見かけ、もしや自分と同じ一人旅だろうか……と気になっていたが、偶然にも浴槽で隣り合わせたので、つい話しかけてしまったのだという。

出先で知り合った人と話すのは好きなので、硫黄の香る名湯に浸りながら、男性とあれやこれやと温泉談義に花を咲かせていたのだが、男性が急に「明日には消えるかもしれない身なので、最後に名湯へ浸かりに来たものの、こんなに心地良いと未練が残っていけません」と言い出したので、私はいきなり不穏な気持ちにさせられた。

これもせっかくの縁だと思った私は、「酒とつまみが鞄にあるので、旅のお邪魔でなければ、私の部屋で軽く一杯やりつつ、互いの身の上話でもどうでしょう」と誘ってみると、男性が「いいですねえ」と乗り気になったので、風呂上りに酒宴を開くことになった。

改めて紹介し合うと、男性は畠山と名乗り、なんとこの近くの生まれで、十五歳までは温泉から車で三十分ほどの場所に暮らしていたのだという。

「でもこの温泉宿に来るのは初めてなんです。というか温泉だらけの土地に生まれたのに、子どもの頃はどこにも行ったことがありませんでした。

　父はとにかく、酒癖が悪かった。私が生まれる少し前に、泥酔して焚き火に倒れ込んでしまい、肩から背中にかけて大きな火傷を負いました。その痕を人に見られたり、茶化されるのを嫌がって、決して家族を温泉に連れて行こうとはしませんでした。

　酒のせいで仕事を馘になり、賭け事のせいで借金を背負い、信用を失くして友人も失くし、妻だけを働かせては稼ぎを搾取し、老いた母親に手を挙げて小遣いを脅し取る。何の甲斐性もないくせに、持ち家だけはあるものだから、野垂れ死ぬこともできないまま、地を這うように生きていく。弱くて狡くて醜くて、哀れで乱暴な小心者。それが僕の父でした」

　畠山さんは吐き出すように言うと、焼酎を注いだグラスをぎゅっと飲み干した。温まった身体へ一気にアルコールを流し込んだからだろう、少々目が据わってきている。

　雰囲気を変えようと、私も自分の複雑な家族関係や、記者仕事の苦労、二十代でバツイチであることを笑い話に変えながら話をして、しばらくは楽しいお酒が続いたのだが、私の趣味である怪談蒐集に話が及ぶと、目に見えて畠山さんの様子が変わった。

　急に無口になり、眉間に皺を寄せて、何か思いを巡らせている。

怖い話や、超自然的な話を嫌う人はたくさんいるので、失敗したかと内心反省していると、畠山さんは私の目を真っ直ぐ見て、「……聞いてほしい話があります」と静かに言った。


子どもの頃から、この温泉には一度来てみたかったんです。

これだけは叶えたいと思って訪れたんですが、そうしたら怪談好きの方と偶然出逢って、こうして杯を交わしている。今、そのことに不思議な縁を感じているんです。

誰にも話さないつもりだったんですけどね。少し、思い出話に付き合ってください。


僕が生まれたのは、ここから幾つか山を越えた先の集落です。ご覧の通りどちらを見ても山ばかりという土地ですが、家の近くには綺麗な川が流れていて、幼少期は山の緑よりも、澄んだ川の瑠璃色に心惹かれていたものです。

ただ、大人たちは、川の水は飲むな、あれは毒水だ、と言っていました。

温泉に来る途中、車窓から何度か清流が見えたでしょう?

空の瑠璃色と、山の新緑が水面に映る、絵に描いたように綺麗な川です。

生家の前を流れていたのは別の支流ですが、辺り一帯の川はみんなあの色です。

でもね、あれは生命が宿らないが故の美しさなんです。

都会の人にはピンとこないかもしれませんが、生き物が豊富な水場は、決して綺麗で透明ではないんです。バクテリアやプランクトンが豊富だと水は濁りますし、水草や藻が生い茂って、そこには貝類や淡水海老、大小様々な魚たちなど、無数の生態系が築かれる。

けれどこの辺りの川には、魚一匹すら泳いでいない。生き物がいないんです。

死の川になっている一番の理由は、豊富に湧き出す温泉水の成分です。

この辺りの泉質は酸性なので、人が湯治をするには向いているんですが、残念ながらそのせいで、生き物の棲めない強酸性の川になってしまいました。

地下深くにある温泉水は、通り道がなければ、当たり前ですが湧き出しません。ですが、川の流れは長い年月をかけて地面を浸食するので、川の近くは湧出口ができやすい。

だから温泉街は、川沿いに造られていることが多いんですよ。

元より自然に温泉水が湧くような場所ですから、昔から酸性の川だったんでしょう。

それでも戦前までは、川には鱒が泳いでいて、決して死の川ではなかったそうです。

ただ温泉地として発展したうえに、上流にダムや発電所が作られたせいで、川の水質は悪化し続けていき、やがて川が流入する湖まで、辺り一帯は魚も泳がない場所になりました。

つまりここらの川が死んだのは、やっぱり人の営みのせいなんですよ。

もちろん幼少期の僕は、そんなことはよくわかっていませんでした。

理屈は知っているけれど、理解できないことってありますよね。それと同じです。

母や祖母からは、魚の棲めない毒水だから、川の水は口にしちゃいけないと言われていましたが、僕としては「本当かなあ。あんなに綺麗な水なのに」という気分です。

僕の生家は曾祖父の代から受け継がれる古い平屋の日本家屋で、家は川のすぐ側、少し高くなった場所に建てられており、夏は蒸し暑く、冬は凍える川沿いの六畳間というのが、僕にあてがわれた子ども部屋でした。

部屋の窓から外を覗くと、眼下には陽の光に照らされて煌めく美しい水面が広がっていたので、幼い僕は、父が酔って暴れはじめたり、お金がほしくて母や祖母を殴り出すと、耳を塞ぎながら川の流れを見ていたものです。


あれは、僕が六歳になった年の冬でした。

お金がかかるという理由で、幼稚園や保育園に通わせてもらえなかったうえに、父は町内の嫌われ者でしたから、僕と一緒に遊んでくれる友達は一人もいません。

母は働きに出ているので、高齢の祖母が僕の面倒を見てくれましたが、父に殴られ過ぎたせいか身体のあちこちを悪くしており、子どもの遊び相手にはなりませんでした。

この辺りは、冬になれば積雪が数メートルにも及ぶ雪深い土地です。一人ぼっちの雪遊びは危ないので、雪が積もると外に出してもらえません。

その日の僕は、印刷のないチラシの裏にお絵描きをしていましたが、ついに黒のクレヨン以外がなくなってしまい、やることもないまま、外の景色を眺めて過ごしていました。

空の端が朱くなり、そろそろ陽が落ちようかという頃、眼下の川辺の石の上に、いつの間にか見知らぬ女の子が立っており、水場から突き出た岩の上を、ひょい、ひょい、と渡りながら、器用に跳ね回っているんです。

薄桃色のワンピースを着て、おさげを三つ編みにした、自分より何歳か年上であろう女の子が、凍りついた岩場の上を難なく跳んで、みるみるうちに川の中央へと進んでいく。

それだけでも驚くのに、なんと女の子の周囲では、パシャ、パシャと身を躍らせながら、銀色に輝く魚が何匹も水面を跳ね回っていたんです。

吃驚して思わず窓を開けると、真冬の冷たい山風ではなく、まるで春のような暖かい風が吹きつけて、周囲には花の香りや、鳥の囀りが満ちていました。

「よっちゃーーん」

しばし茫然としていた私は、自分の名前を呼ぶ声で我に返りました。

女の子が川辺に立って、僕のほうを見上げながら、手招きをして微笑んでいるんです。

年の頃は十歳くらいでしょうか、可愛らしい子なのですが、どこか不思議な感じがする。

僕は手招きに誘われるように窓から出て、川原へ続く道を駆けていきました。

近づくと、なぜ少女の顔が不思議に思えたのかがわかりました。

くりくりと大きな目は、白い部分がなくて、全部真っ黒だったんです。

でも、怖いとは思いませんでした。むしろ神々しくさえ感じてしまった。

とはいっても、おかしなことが起きているのは、子どもの自分にだってわかります。

「あなたは、川の妖精さん……?」

僕がそう尋ねると、女の子はなんだか愉しそうに小さく笑いました。

「ふふふ。似たようなものかなあ。私はね、川の神様にお仕えしているんだよ」

「すごい！　じゃあ、この川の女神さまみたいなもんだね！」

すると女の子は、「そうなのかなあ」と少し照れたようにはにかむと、両手で包むように僕の手を取り、「こっちに来て。川で一緒に遊ぼう」と笑いかけてきました。

僕はすっかり嬉しくなって、「うん！」と答えると、女の子に手を引かれながら、冷たさを感じない川の中へと一緒に入っていきました。

昔の記憶、特に子どもの頃のことなんて、ほとんど覚えていないでしょう?

僕だってそうです。でもこの日の出来事は、なぜか細部まで鮮明に覚えています。

でも、あの子と川で何をして遊んだのか、そこだけはほとんど記憶に残っていません。

スルスルと魚のように水中を泳いだり、川の深い所まで潜って暗がりの中に光る何かを見つけたりと、およそ現実とは思えない場面だけが、今も脳裡にうっすらと浮かんできます。

ひとつ確かなのは、楽しさのあまり時が経つのを忘れていたことで、ふと自分の家が目に入った瞬間に、いったいどれだけ遊んでいたのだろう、そろそろ帰らなければ両親から怒られてしまうと、突然不安になりました。

そこで、「ごめん、そろそろ帰るよ」と言うと、女の子の雰囲気が急に変わって笑い出し、「もう帰ることはできないよ。ここが、あなたのおうちだから」と言ったんです。

「あなたはね、私の代わりにこの場所を守るの。

水が毒になったから、川の命も、神様も、とっくの昔に消えちゃった。

ここはね、まだ川に命があった頃の最後の記憶。

何て言えばいいのかな、神様の残り滓みたいなものかもしれないね。

ここでは、七年に一度、新しい子が選ばれて、川の記憶を守り続けるの。

私はもう、毒にやられて、自分の形も保てないから……」

ここまで話すと、女の子の顔がぐにゃりと歪みました。

そして、目や鼻や口が、顔の表面からズルりと流れ落ちていくんです。

顔だけじゃありません。袖や裾から覗く手足も、黒く変色しながらゆっくり溶けていく。

薄桃色のワンピースは、ぐにゃぐにゃ溶ける身体の中へ吸い込まれ、やがて可愛らしかった女の子は、黒い泥の塊のようなモノに変化してしまいました。

泥の表面では、僕のほうを見つめたまま、真っ黒な目が這うように動いています。

あまりの恐ろしさに、悲鳴をあげ続けましたが、泥の塊は笑うように小刻みに震えると、

「あなたは選ばれたの。人の手で奪ったものを、人の手で守るのよ。七年経ったら次の子を選ぶから、そうしたら、腐って消えても赦してあげる」と言いました。

僕はもう必死でしたよ。嫌だ、やらない、選ばれていない、きっと違う子だ。

泣きながら延々と訴え続けましたが、泥の塊は許してくれません。

「だめ。あなたが選ばれたの。だって、あなたの名前は■■■でしょう?」

それを聞いて、僕は絶望しました。人違いじゃないんだ、本当に自分なんだ……って。

でも怖くて仕方なかった僕は、「ちがうよ、それは別の人だよ」と嘘を吐きました。

すると泥の塊は、「だったらシャツに書いてある名前は何?」とゲラゲラ笑います。

しまった、と思いました。家計が苦しいので、靴下ひとつ失くしてほしくない母は、僕の持ち物すべてにマジックで名前を書く癖がありました。

その日着ていたシャツの裾にも、僕の名前がしっかり書かれています。

ところが、往生際が悪い、とはこういうことを言うんでしょうね、僕はズボンのポケットに入っていた黒のクレヨンを取り出すと、必死になって自分の名前に線を書き足しました。

「ほら、見て！　名前はヨシキだよ！　別の人でしょ」

僕がそう叫ぶと、泥の塊は可笑しそうにケラケラと笑いました。

「あはははは。本当に？　それでいいの？　だったら、今回は見逃してあげるけど」

そう聞かれたので、僕は「うん！　うん！」と何度も頷きました。

すると突然、周囲が青い光に包まれました。僕は、そこから先の記憶がありません。


気がつくと、僕は自分の部屋に戻っていました。急いで窓の外を見ましたが、夜になって暗いうえ、吹雪で川の様子はまるでわかりません。身体が冷えていたので、炬燵で温まろうと居間へ行ったのですが、僕の姿を見た父と母は、目を丸くして腰を抜かしました。

後で知りましたが、僕は部屋の窓を開けたまま姿を消し、もう一週間が経っていました。

真冬に外へ出てたのなら、助かることはないだろうと警察も諦めていたようです。

何があったのか両親に問われたので、僕は起きたことを話しました。ただ、いけないことをした自覚があったので、名前を変えたところだけは両親に言いませんでした。

話を聞き終えると、母は怖い顔になり、「他の人に話してはいけないよ」と言いました。

私が理由を尋ねると口籠もっていましたが、横から父が口を挟んで、大声で言ったんです。

「今朝から姿を消したきり、伊藤さん家の良枝ちゃんが帰ってこないんだよ！　名前のよく似てるお前が帰ってきたから、きっと身代わりに連れて行かれたんだ！」

父はそう言って怒り狂うと、無事に戻ってきたはずの僕を、何度も何度も叩きました。


僕は自分のせいで良枝ちゃんが消えたのかと思うとすっかり怖くなり、両親に口止めされるまでもなく、警察やいろんな大人から、何があったのか、どこにいたのか、どうやって帰ってきたのかを訊かれても、すべて忘れたことにして、川のことも、女の子のことも決して喋りませんでした。

それに、もし誰かに話したら、父に殺されると思っていました。

だって僕が戻ってきた晩、父は怒りながら、母に向かって言っていたんです。

「あいつを出すから、町内会が借金を肩代わりしてくれたんだぞ。ガキが無事なら金を返せと言われたら、俺はどうすればいいんだ？」

父のこの言葉は、僕の頭にずっと残り続けました。

七年に一度、あの川に子どもを盗られることを、町の大人は知っている。

そして父はお金を返せないだろうから、前回の分で、次こそ僕を差し出すに違いない。

そう思った僕は、十三歳になる前月、母にこっそり告げたんです。

「母さん。誕生日の前に、僕は仙台にいる叔父さんの所へ家出するね。追い返されそうになっても、両親に殴られている、このままだと殺されると泣きつくつもりだよ。母さんも悪者にするけれど、そのことは許してほしい。あと、仙台までの電車賃を渡してください」

でも母は、険しい顔で「いいから、まかせて」としか言いませんでした。


言葉の意味がわかったのは、それから三日後のことでした。

泥酔した父が、家の近くの石段から転げ落ち、頭を打って亡くなったんです。

母は葬儀を終えると、父の骨壺を手に持って、「川に行くよ」と言いました。

僕はあれ以来川が怖いので、嫌だ嫌だと言いましたが、母は強引に手を引いていく。

そして川辺に着くと、夕陽の煌めく川面に向けて、母は思いきり遺骨を投げたんです。

「今回は、畠山茂がお勤めを果たす。罪のない子どもばっかり盗まないで、たまにはジジイやババアで我慢しな。そうじゃないと、次は本物の毒を流してやるぞ」

大声でそう怒鳴った後、母は「ほら、あんたも……」と骨壺を差し出してきたので、僕は母と一緒に、父の骨を残らず川に捨てました。

そして最後に母は、「この町から出て行こう」と呟きました。


あれからもう、二十一年経つんですね。

祖母はあの家で暮らし続けましたが、数年後、ひっそりと亡くなりました。

母は僕を連れて都会へ出ると、ずいぶん苦労しながら育ててくれましたよ。

そんな母も、苦労がたたったのか、僕が二十歳を迎えた年に急死しました。

僕は専門学校を出て就職し、ほどなく職場の同僚と結婚しましたが、幸せだったのは最初の数年だけで、僕が二十七歳の時、妻が取引先の社長と浮気をして家を出て行きました。

その後は仕事ひと筋でがんばりましたが、三十四歳を手前にして、先日、勤めていた会社が業績不振で倒産してしまいました。

人の人生は、幸せより不幸のほうが多いから、七年おきに不幸が訪れるのは偶然かもしれません。でも僕は、あの日に刻まれた運命から、逃れられない気がしているんです。

ほら、クレヨンで線を足して、シャツの名前を書き換えたと言ったでしょ？

僕ね、あの日までは名前が「ヨシエ」だったんですよ。だけど、名前を誤魔化すために、ヨシエの「エ」にクレヨンで線を足して、「エ」から「キ」に変えてしまった。

たぶん、あの年は「ヨシエ」が捧げられると事前に決まっていたんでしょう。

僕が嘘を吐いたせいで、近所にいた別の良枝ちゃんが消えてしまった。

ただ、もっと恐ろしいことが起こりました。

僕の名前は、あの日から本当に、「ヨシキ」へ変わってしまった。

それだけじゃない、性別まで変わっていたんです。

両親にも、周りの大人にも、僕は生まれた時から「男の子」だと言われました。

でも僕はあの日まで、「ヨシエ」という名前の「女の子」だったはずなんです。

成長するにつれ、僕は心も男性になったので、自分が女の子だった記憶は、すべてただの思い違いだと、自分に言い聞かせてきたんですが……。


ともかく、そんなわけで僕は自分と向き合うために、久しぶりに故郷へ戻ってきました。

僕ね、明日が三十四歳の誕生日なんです。

二泊三日で滞在するので、明日は丸一日、あの川へ行ってみるつもりです。

すべては僕の思い込みなのか、それとも運命からは逃れられないのか——。

もし無事だったら、七年後の同じ日に、またこの温泉に来るつもりです。

この話を覚えていたら、ぜひまた再会したいものですね。


日付を忘れたわけではないが、七年後、私は敢えて確かめには行かなかった。

突拍子もない話を丸ごと信じたわけではないが、やはり会えなければ「もしかして……」と厭な気分になるし、たとえ再会できたとしても、人ならざるモノになっているかもしれず、私に次の川守りを託してきたりなどしたら、もっと厭なことになってしまう。

ただ温泉は素晴らしいので、私はそれ以降も、この温泉地を何度も訪れている。

それでも、温泉へ向かうバスの車窓から、青く澄んだ清流が見えてくると、得も言われず心の奥がざわざわとしてくるので、私は思わず目を閉じてしまうのだが、その度に瞼の裏には、あの日酒を酌み交わした、畠山さんの笑顔が浮かんでくるのだ。

第三ノ扉　史跡

古墳公園

若本衣織

M公園は、関東某所に存在する史跡である。

市街地再開発事業に伴う発掘調査を行った際に発見された縄文時代中期から弥生時代に掛けての中規模遺構であり、複数の敷石住居址や溝状遺構、多くの土器、石製品のほか、列状の配石なども出土していることから、集落地であるとともに祭祀場としての側面も兼ねていた場所だと考えられている。

調査・発掘後、出土品は市内郷土博物館に収蔵され、遺構の大部分は埋め戻された。現在は公園として地域住民の憩いの場となっており、復元された住居跡と火炉の見学が可能だ。

典型的な歴史公園の一つであるM公園だが、鬱蒼と茂った樹林と広大な敷地から、御多分に洩れず、幽霊を見たという目撃情報を耳にすることが多い。

ただ、よくよく話を聞いてみると、出没するのは白い服の女やずぶ濡れの子供など、謂わば怪談の典型例といった幽霊が多く、そのほとんどが「暗がりに立っているのを友人／先輩／知り合いが目撃した」といった、又聞きの又聞きのような目撃譚がほとんどだった。

中には「昔、この公園で殺された女性の霊が出る」といった話もあったが、過去、殺人事件が起きた記録もない。公園造成時や発掘調査時の事故による死者も出ていないそうだ。

一方で、このM公園には、奇妙な共通点を持った幽霊の目撃情報が複数ある。

今回はその中から三例を紹介したい。

北坂（きたさか）さんのケース

二月下旬の出来事である。

午前五時。日が昇る前のM公園芝生広場を、北坂さんは一人で散歩していた。

これは十三年前に知人から仔犬を貰い受けて以来、ずっと続けてきた習慣である。

飼い犬の名前はチロ。紀州犬の血が混じった真っ白い雑種犬だ。知人宅の軒下で生まれたチロは、離婚を機に慰謝料で手に入れた中古一軒家へ引っ越した北坂さんに貰われてから、彼女の愛情を一身に受けてすくすくと大きくなった。トイレの躾（しつけ）や犬芸も一発で覚える賢い犬で、北坂さん自身も、孤独の泥濘から救い出してくれたチロを溺愛していた。

しかし十三年目の冬、チロが食欲不振に陥ったと思ったら、一週間もしない内に虹の橋を渡ってしまった。多臓器不全という死因が付いたが、平たく言えば寿命ということだった。

再び孤独の底に叩き落とされた北坂さんは、仕事も休職手続きを取り、毎日泣き明かした。それでもチロとの散歩の時間になると、リードを携(たずさ)え、M公園へと出向く。もう既にチロの死を脳内では理解していたが、それでも飼い犬の面影を追い求めてしまう気持ちを抑えることができない。孤独の日々、北坂さんはギリギリのところで正気を保っていた。

早朝の時間、公園に人気はない。チロがいたときは、こっそりとリードを外してボール投げをした。学生時代ソフトボール部だった北坂さんが投げるボールは、随分遠くまで飛んだ。それでもチロは、必ず探し出し、ボールを持って帰ってきた。放たれた矢のように走っていくチロの姿が、何度も頭を過ぎる。視界が涙でぼやけてきた。そんなときだった。

爪先に何か軽いものが触れた気がして、北坂さんは靴に視線を落とした。足元に赤いビニール製のボールが落ちている。子供たちの忘れものだろうか。

何の気なしに拾い上げ、思い切り投げる。ボールは広場の一番奥の茂みの方まで飛んでいき、あっという間に見えなくなった。何だか虚しくなって踵(きびす)を返そうとした瞬間、藪がガサガサ揺れたかと思えば、白い何かが躍り出て、まっすぐこちらへと走ってきた。

それは驚く速さで近付いてくると、北坂さんの目の前で足を止め、ボールを落とした。

「チロ」

北坂さんの掠れた声に、目の前の犬は嬉しそうに尻尾を振る。どう見ても、チロだった。夢でも見ているのだろうか。様々な可能性が浮かんでは消える。凡そ現実ではあり得ないことだとは分かっていたが、溢れる涙と愛おしい気持ちを抑えることができなかった。涎でベタベタになったボールを拾い上げ、もう一度、力いっぱい投げる。チロはくるりと背を向け、あっという間に見えなくなる。かと思えば、再び藪から放り出されたように現れ、赤いボールを北坂さんの目の前にポトリと落とす。チロだ。チロそのものだ。

これが夢だとしても、幽霊だとしても、奇跡だとしても、チロに会えたことが嬉しい。北坂さんは、夢中になってボールを投げ続けた。

何十投目のときだったか。チロが困ったように鼻を鳴らしながら戻ってきた。北坂さんから少し離れたところで、しきりにうろうろしている。投げたはずのボールを咥えていない。

「見付からなくて困っているみたいだね」

不意に、耳元で囁き声がした。男とも女とも付かない声だった。

そうか。ボールが見付からなくて、あんなすまなそうな顔をしているんだな。

北坂さんはチロの困り顔の愛らしさに吹き出しながら、先導するチロに続く。

広場を抜け、藪の中へと入っていくと、その先に白い花が咲く巨木が植わっていた。大人が五人手を繋いでも届かなさそうなほど幹が太い。木の種類は分からないが、樹齢千年は超えていそうだ。北坂さんは、昔、旅行で訪れた屋久島で見た、巨大な杉の木を思い出した。

チロは相変わらず鼻を鳴らしながら、巨木の裏側へと回っていく。

あっちにボールがあるのだろうか。

もしかしたら、木の根っこにでも引っ掛かっているのかもしれない。

チロに請(こ)われるがまま、木の向こう側へ行こうとした瞬間だった。

背後から犬の唸り声がしたかと思えば、脹(ふく)ら脛(はぎ)に鋭い痛みが走った。何かに噛みつかれたようだ。北坂さんは悲鳴をあげ振り払おうとするが、手は宙を掻くばかりだ。相変わらず脹ら脛には見えない何かが食らいついており、このままでは肉を食いちぎられそうだった。あまりの痛みと恐怖で立っていられず、北坂さんは地面をゴロゴロと転がりながらのたうち回る。

五分ほどした頃だろうか。唐突に痛みが消えた。泣き叫び、暴れ疲れて、北坂さんは地面から立ち上がることができない。どうにかしてうつ伏せ状態から顔だけ起き上がらせると、なぜか芝生広場の真ん中に寝転んでいる状態だった。確かに、広場から出て藪の中へ入った記憶があるだけに、訳も分からず呆然とするしかなかった。

日が完全に昇りきった頃、ようやく少し痛みが引いて、半身を起き上がらせることができた。のたうち回っていたためか、全身、泥と枯れ芝で汚れきっている。

傷跡を確認するためズボンを捲り上げてみると、何かに噛みつかれた痛みを感じた場所に、黒い点が二つあった。てっきり牙の痕かと思えば、真新しい黒子が二つできていた。


脹ら脛の痛みが取れず、十三年間続けてきた散歩の習慣は遂に途絶えた。

自宅に引きこもって療養している間、少しずつ、脳の中の熱が引いていくのを感じた。

それと同時に、冷静にM公園での出来事を思い返せるようになっていた。

もう十三年もM公園に通っていたが、あんなに大きな木を見掛けた覚えはなかった。

広場には確かに北坂さんしかおらず、囁き声が聞こえるほどの距離には誰もいなかった。

そして、チロはもう骨となっており、この世界には存在しない。嘆いても戻ってこない。

何より優秀なチロが、ボールを見失うはずはない。あの白い犬は、チロの偽物だったのだ。

「私が不甲斐ないばかりに、変な世界に誘われたのかもしれません」

北坂さんはそう言って、脹ら脛に手を添える。

新たにできた二つの黒子は、チロからの最期の贈り物だと、北坂さんは信じている。

依子さんのケース

六月中旬の出来事である。

その日、依子さんは珍しくパートの仕事を早退し、帰路を急いでいた。

自ら望んで仕事を終えたのではない。仕事先に、息子の通う小学校から電話が掛かってきたのだ。主任から冷ややかな顔で電話の子機を手渡された瞬間、依子さんの心臓がまた妙な脈の打ち方をした。ストレスで不整脈の症状が悪化している。点滅する保留ボタンが、自身の体調の警戒ランプのように見え、今度は血圧が急上昇したのか視界が急に狭まった。

わざわざ聞かなくても、大方内容の予想が付く。ポジティブな電話ではないだろう。

息を大きく吸い込んでから、通話ボタンを押す。息子の担任は申し訳なさそうな口調で勤務先に電話したことを詫びつつも、続く内容からは、どうにも苛立ちが隠せない様子だ。

無理もない。息子が癇癪を起こして学校備品を壊したのは、今月四度目だった。

「飛び散ったガラスで当人も怪我をしているので、学校まで迎えに来てください」

有無を言わせない口調だった。電話越しに何度も頭を下げ、終話ボタンを押す。

電話を親機に戻しに行く際、依子さんはまともに主任の顔が見られなかった。震えながら早退したい旨を告げると、主任はあからさまに小馬鹿にしたような口調で言い添えた。

「本当に、親御さんそっくりの優秀な息子さんね」

依子さんは更に身を縮め、何度も頭を下げながら退室したが、タイムカードを切った瞬間、溢れ出る悔し涙を止めることができなかった。自身が惨めで仕方なかった。


午後二時。依子さんはM公園の中を足早に歩いていた。

学校までの近道として、この公園内を突っ切っていくのが一番早い。普段ならば公園内は赤ちゃんを連れた母親や高齢者の姿があるものの、この日は生憎（あいにく）の雨で人の姿はなかった。先を急いでいたため、足元の確認が疎（おろそ）かだった。大きな水溜まりを踏んでしまい、スニーカーの中にじんわりと冷たさが染み始める。依子さんは殊更大きな溜め息を吐いた。

こういうときは、何をやっても上手くいかない。思えば、夫と離婚して以来、何かが上手くいったという実感を覚えたことがなかった。暗澹たる思いが、常に脳の一部を占めていた。ストレスで張り詰め、日々積み重なるタスクをこなすことが精一杯。やりたいことだけではなく、やらなければならないことさえも先送りする毎日に、自己肯定感が削られていく。

もう、疲れた。これ以上、頑張りたくない。

足が止まった。雨合羽が風でバタバタとはためく。急に強い風が吹き、頭を覆うフードが脱げた。温い雨が顔を湿らせていく。再び視界が揺らいだ。次から次へと溢れ出てくる涙を止めることができない。悲しみの極致へ至ったとき、誰かが依子さんの背中をそっと撫でた。

「ちょっと、依ちゃん。こんなところで泣いていたら、お身体が冷えちゃうわよ」

振り返ってみると、そこには依子さんの実母が立っていた。

「お母さん」

「あら、依ちゃん。どうしたの。お靴がびっちょりじゃない」

そう言って優しく肩を抱く母に、依子さんは自身が夢を見ているのだとぼんやり考えた。

依子さんの実母は、三年前に乳がんで他界している。自身が離婚問題でごたついていたとき、余計な心配を掛けまいと、母は痛みに歯を食いしばりながら、息子を預かってくれた。

自宅で倒れ、病院に運び込まれたときには腫瘍が皮膚を突き破り、肌表面に露出していた。

今目の前で微笑む母は、元気なときの姿をしている。溌溂として朗らかで、強く優しい母だ。

「依ちゃん。悲しそうね。良かったら、お母さんに何があったか聞かせて」

そう言いながら手を取った母に促され、依子さんはゆっくりと園内を歩き出した。

自身が置かれている境遇を話し始めると、涙が堰を切ったように流れ出した。

元夫からの養育費が滞っていること、息子が難しい年頃になっていること、いつまで経っても正社員になれないどころか、職場では疎んじられていること。しゃくりあげながら話す依子さんに、母は優しく相槌を打ち、慰め続けてくれた。

「依ちゃんは頑張り屋さんだからね。もうお休みにしましょう。依ちゃんが頑張った御褒美に、日ノ出軒のラーメンでも食べに行こうか」

依子さんの気持ちがパッと華やぐ。日ノ出軒。幼い頃、よく母と食べに行った中華料理屋だ。父を早くに亡くし、金銭的余裕のない暮らしの中、二カ月に一度の貴重な外食だった。

しかし、もう日ノ出軒はとっくの昔に廃業している。どうしたって行くことは叶わない。そう伝えると、母は柔和な笑みを崩さず、そっと前方を指差した。雨霧に煙る遊歩道の先には、小さな明かりが仄めいていた。傍らには太い幹を持った大きな木が生えている。そこからハラハラと白い花弁が散り、依子さんの頬を撫でて落ちた。美しい光景だった。

「大丈夫よ。ほら。もう、いい匂いがしてきたでしょ」

確かに母の言う通りだった。ぼんやりとした光の方角から、香ばしい匂いが漂ってくる。嗅覚が、奥底に眠った記憶を呼び覚ます。焼きあご出汁の香りだ。日ノ出軒の主人は長崎出身で、郷里から送られてくる焼きあご出汁を使ったラーメンが自慢の一品だった。母はそのラーメンが好物だったが、子供の舌だった依子さんには独特な苦味が引っ掛かり、中々箸が進まなかった。定番メニューの酢豚や麻婆茄子が食べたかったが、定食となると値が張る。

何より、母がラーメン以外の注文を許さなかった。懐かしさとともに、苦い記憶も蘇る。

今はもう、少ないながらも自分が稼いだ金で好きなものを注文できるだろう。

そして、どうせなら自分ではなく息子の方に美味しいものを食べさせてやりたい。

息子。

依子さんの歩みが止まる。握っていた母親の手をゆっくりと解く。

「お母さん、ごめんね。済まさなきゃいけない用事があったのを思い出したわ」

母は意外そうな表情で依子さんに向き直り、困ったように微笑む。

「あら。別に急がなくてもいいじゃない。お母さんも久しぶりにラーメン食べたいのよ」

強引に手を結び直そうとする母の態度が、依子さんの癇に障った。先ほど覚えていた感傷的な気持ちは消え失せ、生前の母の嫌な記憶ばかりが積乱雲のようにむくむくと立ち昇る。

そうだ。この人は、こういう人だった。

独り善がりの優しさで、相手の事情なんてお構いなし。自分勝手に物語を完結させて、悲劇のヒロイン面をする。父との死別も、日ノ出軒のラーメンも、放置していた乳がんも。

「いい加減にしてよ、お母さん。その押し付けがましい感じ、ずっとうんざりだったの」

依子さんの言葉に、母は酷く傷ついた顔で伸ばしかけた手を引っ込めた。

「ごめんなさい。私、依ちゃんの気持ちに気付かなくって」

母の顔が見られず、思わず依子さんは後ろを向く。背後で苦しそうな溜め息と、微かな衣擦れが聞こえた。きっと母は泣いているだろう。自己嫌悪で胸が締め付けられる。

「お母さん、ただ依ちゃんとお喋りしたかっただけなの」

母は依子さんの背中に呼び掛ける。依子さんは振り返るのをグッと我慢し、歩き出した。

「依子ちゃん。お願いだから、お母さんの方を向いて」

尚も縋るような母の言葉に対し、依子さんはどうしても応えることができなかった。

「そうやって強情を張って、あなたは永遠に独りぼっちだよ」

不意に、耳元で声がした。男とも女とも付かない、妙に甲高い声だった。

驚いて振り返ると、そこには霧の中に白く落ち込んだ芝生が広がっているだけで、遊歩道は疎か、花を付けた巨木も仄めく明かりも、勿論、母の影も見当たらなかった。

依子さんは細かい雨に打たれぐっしょりとした状態で、芝生広場の真ん中に佇んでいた。

「あの日の私は、なぜか当たり前のように母の存在を受け入れてしまったんです」

依子さんは暗い表情でそう述懐する。

今思えば、あのときの体験は幽霊に出会ったというより、白昼夢を見た感覚に近いという。

しかし、母の幻影が去った後、雨合羽のフードを被り直したところ、幾つもの小さな白い花が零れ落ちてきた。確かに、あの巨木の元を訪れた証拠であった。

「私、以降もずっと駄目なままで。何であのとき、母について行かなかったんだろう。後悔しているんです。母に会いたい。母と一緒に、あの明かりの向こう側に行きたいんです」

あの巨木が見付かれば、母に会えるかもしれない。

そう確信した依子さんは日々公園散策を続けているが、今日まで再び巡り会えていない。

憲史(けんじ)さんのケース

十月頭のことである。

憲史さんの気分はいつになく沈んでいた。

気持ちが塞ぎ込むのは普段からではあるが、その日に限っては今までどうにか起爆しなかった問題が、連鎖的に爆発を起こしてしまっただけに、いつも以上にどん底の気分だった。

しかも、全て身に覚えのある事案な上、がっちりと証拠を固められている。今更取り繕って、誰かをスケープゴートにすることもできそうにない。

少し、時間外に気の弱い部下を叱責しただけだった。

少し、私物品の購入を経費に計上して申告しただけだった。

少し、子供の相手をするのが面倒でガールズバーに行っただけだった。

上司も、部下も、家族も、揃いも揃って鬼の首を取ったように自分を責め立ててくる。

もう、自分には居場所なんかないのではないかと心がささくれ立つ。

手元の携帯電話に目を落とす。午前零時。古墳公園の芝生広場には誰もいない。大した照明もないこの場所は、夜の散歩には不向きな場所である。憲史さん自身、本当ならば夜には近付きたくないエリアであった。しかし、どうにも帰りたくない。帰宅したら家族に冷たくあしらわれ、寝て起きた後は職場で激しく詰められる。嫌だ。明日が来てほしくない。

今年五十を迎える年だというのに、年甲斐もなく帰宅に拒否反応が出てしまった。

俺の人生、どこで間違ったんだ。絶対に、こんなはずではなかった。

缶酎ハイを呷りながら、鬱屈とした自問自答を頭の中で繰り返していたときだった。

ふと、花の香りが鼻腔を擽（くすぐ）った。

魅力的な女性とすれ違ったときに覚えるような、蠱惑的な芳香だった。気付けば花に惹きつけられる虫のように、憲史さんは香りがする方へふらふらと歩き出していた。

いつの間にか、憲史さんは遊歩道を歩いていた。

幼い頃から古墳公園には通っていたが、このような道があった記憶はない。自身が酩酊しているる自覚はあったが、酒というより、この甘く切ない芳香に酔っている気がしていた。

一際香りが強くなったかと思うと、地面が積雪のように白く染まった場所へ辿り着いた。よくよく見れば、一面、花弁で埋め尽くされている。ふと頭上を見遣れば、巨大な枝が空に走った亀裂のように広がっており、そこに無数の白い花がついていた。

一見、ヤマザクラのようにも見えたが、それにしては随分どっしりとした幹だった。

何となく携帯電話のカメラを起動して構えると、画面の中には巨木に寄り添うようにして立つ女性の姿が映った。ギョッとして携帯電話を取り落としそうになるが、女性の顔に既視感を覚え、思わず考え込んでしまった。顔を上げると、画面の中と同じ妙齢の女性が、柔和な笑みを湛えて目の前に佇んでいる。

「ケンくん、久しぶり。私のこと、覚えてる？」

その舌足らずな喋り方で、一気に記憶が蘇った。浅子（あさこ）だ。大学時代、サークルのマドンナ的存在であり、憲史さんも何度か良い仲になったことがある女性だった。

「浅子。何でこんなところにいるんだよ」

「覚えててくれたんだ。嬉しい。私、ケンくんに会いに来たんだよ」

浅子さんの容姿は、大学の頃の記憶とほとんど相違がなかった。あの頃より少し皺が増えたくらいで、学生の頃と同じく、スラリと伸びた長い足にウェーブがかった黒髪、はにかんだときに見える小さな八重歯、少し幼く危うげな言動も記憶のままだった。

憲史さんは思わず、顔を綻ばせた。

自身に欠けていたものが急に埋まっていくような、満ち足りた気持ちを覚えていた。

そうだ。俺には浅子がいたんだ。

浅子は俺を忘れられず、こんな夜更けにわざわざ俺に会いに来てくれたんだ。

我慢できず、その白く細い腕を取ると、浅子さんも満更ではない様子で頭を傾けてくる。

これは、イケるな。

憲史さんはほくそ笑む。浅子さんは潤んだ瞳で憲史さんを見上げると、陶器のようにつるんとした指先で憲史さんの二の腕を撫でながら、そっと歩き出した。

「ね。一緒に来てくれるでしょ」

もう少し人目に付かない場所へ行きたいということか。

御都合主義で解釈した憲史さんは、促されるままに浅子さんの行く先へ従った。

真っ白い花弁が敷き詰められた道は、少しずつ暗く、段々と下り坂になっていく。

「そろそろ良いんじゃないかな」

堪らず憲史さんが提案するも、浅子さんは悪戯(いたずら)っ子のように可愛らしい笑みを浮かべて頭を振る。そして軽やかに舞うように、憲史さんの手を掴んで小走りに道を下っていく。

ところで、一体この道はどこへ続いているのだろう。

頭の芯が痺れるような甘い快楽の中、憲史さんの心はどこか平静を取り戻しつつあった。思えば、もう十分以上、浅子さんに手を引かれて白い道を下り続けている。今まで彼女しか目に入っていなかったが、改めて周りを見渡してみると、何も見えない。暗闇だ。

急に、夢から醒めるような心地がした。忘れていた恐怖心が湧き上がってくる。

この女は本当に浅子だろうか。俺をどこへ連れて行こうとしているのだろうか。

憲史さんの足が鈍り始めたことに気付いたのだろう。浅子さんは一層強く憲史さんの手を握り締めると、まるで転げ落ちるように坂を下り始めた。

「もうすぐもうすぐもうすぐで着くから。もうすぐだよ、ケンくん一緒に行こう」

浅子さんは、まるで壊れたテープのように呟き続けている。憲史さんは思わず腕を振り解こうとしたものの、まるで溶けて混ざり合ったかのように離れることができない。

走り続ける内に、前方に薄っすらと橙色の光が見えてきた。目を凝らしてみると、それは赤々と燃える炎である。浅子さんがあれを目指していることは明白だった。

悲鳴をあげて逃げようとするも、勢いが付いた足は、思うように止めることができない。浅子さんはぐるりと憲史さんの方を振り向くと、焦点の合わない目を溢れんばかりに開き、大口を開けて笑った。その口の中は闇で塗り潰されたみたいに真っ黒である。限界だった。

憲史さんは胸元からアルミ製の名刺入れを取り出すと、何度も浅子さんの頭を殴打した。血が噴き出し、頭皮がぱっくりと避けても、浅子さんは歩みを止めない。憲史さんがありったけの力で浅子さんに体当たりをすると、二人は縺れ合うようにして道から転がり出た。

浅子さんの絶叫が響くとともに、憲史さんの視界がぐるぐると回り出す。身体が引きちぎられるかのような衝撃に思わず嘔吐したところ、身体が土の上に叩きつけられるような衝撃を覚えた。ふらふらと起き上がると、憲史さんは吐瀉物に塗れた状態で、芝生広場の真ん中で呆然と座り込んでいた。


後日、昔の知り合いを通じて浅子さんの現況を調べたところ、数年前に海外へ渡り、四人の子供を育てる肝っ玉母さんになっていることが分かった。ソーシャルサービスに投稿されている写真を見る限り、憲史さんの記憶の中の浅子さんとは大分異なる見た目をしている。ただ、特徴的な八重歯は健在で、こちらが本当の浅子さんであることは明白だった。

結局、あの日に出会った浅子さんの正体も、彼女が憲史さんをどこへ誘おうとしていたのかも分からない。ただ憲史さんは、自身の逃避願望が、別の世界の何かを呼び寄せてしまったのではないかと推測している。

件の体験から半年後、古墳公園の事務局から憲史さんの社用携帯電話宛てに着信があった。アルミ製名刺入れの落とし物があったから、引き取りに来るよう要請されたのだ。

大急ぎで現れた憲史さんに、事務職員は怪訝な面持ちで表情で茶色い汚れがこびりついた名刺入れを差し出した。そして憮然とした表情で、発見場所について語ったという。

「石室の中にあったんだって。研究室の先生が拾ってきてくれたんだよ。あんなところ、普通の人は入れないはずなのに、どうやってあんたの名刺入れが落っこちたんだろうね」

訝しげに問い掛ける職員に、憲史さんは引き攣った顔で頭を下げ続けるしかなかった。

結界城址

夜馬裕

九州の某県にあるS城址の城山公園は、知る人ぞ知る心霊スポットだ。

私は現地へ赴いてみたのだが、海に面して突出した丘陵端部にあり、標高六十五メートルの高さに造られたS城の城跡に造られた城址公園で、海沿いから緑溢れる細い山道を登りながら巡る園内は、心霊うんぬんを抜きにして、歩くだけでも非常に心地の良い場所であった。

心霊スポットと呼ばれる場所には、まずは昼間、晴れて太陽の昇っている時間帯に散策してみるのがお勧めである。そうすると案外、地元の人たちから愛される憩いの場だったりすることもままあるからだ。「出る」と言われている場所に暗くなってから行けば、どんな場所でも怖く感じるのは当然だろう。でも、一面的な情報だけで、恐ろしくて、呪われた場所と断定するのは大変に危険だ。

極論を言えば、幽霊が出ようが出まいが、そんなものはどっちでも構わないくらい、気持ちのいい場所というのがあり、この城山公園はまさにそうした場所であった。

それでもこの城跡が心霊スポットと言われる根拠について、現地を訪れたうえで、簡単ではあるが資料も調べた私は、三つの理由があると推測した。

まず一つ目は、ここに建てられていたS城は、戦国時代を通じて、常に激しい争奪戦が繰り拡げられていた場所である、ということだ。

S城は、周囲を一望できる断崖絶壁の天然の要害上に築造されている。標高六十五メートルの位置に主郭を築き、この主郭を中心にして、北西側と南西側に曲輪が築かれ、南西側曲輪との間は、深い空堀で区切られている。

落とされにくい城ということは、裏を返せば落城するまでに、双方には大量の血が流れるということだ。そして凄惨な戦の後では、たとえ生き残っても、敗残した側はまともな目に遭うまいと、自決の道を選ぶものも多く出るだろう。

現代に生きる我々は、その様子を想像するしかないのだが、数百年を経た後でも、武士や着物姿の女の霊が出るという噂の背景には、こうした激戦の過去が連綿と語り継がれてきたことが影響しているに違いない。

二つ目は、かつて城の主郭が築かれていた場所に、大きな仏舎利塔（ぶっしゃりとう）が建てられているという、圧倒的なインパクトによるものだ。

「仏舎利」とは聴き慣れない用語だが、端的に言えば仏教の開祖であるお釈迦様の遺骨という意味で、これを納めて祀ったものが「仏舎利塔」と呼ばれている。

構造は、ドーム状の半球の上に「相輪（そうりん）」を持つのが一般的で、城跡に建てられた仏舎利塔もその形に倣っている。

ちなみにこの相輪とは、五重塔などに見られる、仏塔の屋根から天に向かって突き出た金属製の部分の総称であり、釈迦が荼毘に付された際、残された仏舎利を納めた塚（ストゥーパ）の上に重ねられた傘が起源だといわれている。

仏舎利塔は世界各地に建てられており、日本でも全国にかなりの数が建てられているが、お釈迦様の遺骨がそうたくさんあるわけではないので、日本の場合は実際の仏舎利が納められているのは三か所だけで、あとは経典や宝物が納められているという。

S城の城跡に建てられた仏舎利塔は、仏教系の宗教団体が建てたもので、世界平和を祈念して国内外に相当数の仏舎利塔を建立している。激戦地の主郭跡に建てた理由は定かではないが、九州出身であった本団体の創立者は、恐らく鎮魂の意味を込めたのだろう。

城の主郭跡、城山公園の中心部に仏舎利塔が建っているので、私も初めて訪れた時には、山の中に突如として現れる白く大きな塔の威容に圧倒された。それと共に、山の上にこれだけ迫力のある仏教建築物が突如として姿を現せば、本来の意味を踏み超えて、良くも悪くも

「ここはスピリチュアルな場所なんだ」と、多くの人に印象づけることになるであろうし、仏舎利塔の近くに霊が出るという噂についても、納得できる気分になった。

そして三つ目の理由は、強盗が押し入って一家を惨殺したという廃屋が近くにあり、その家族の霊が出るというものだ。

私は被害者に近しい遺族が存命の可能性がある事件については、取材はするものの、具体的な名前を挙げて、怪談の語りや執筆には取り上げないと決めている。たとえ霊が出るという噂が本当にあったとしても、殺された家族が成仏もせず、無念の想いを抱えて彷徨っていると言われては、被害者の遺族に惨い仕打ちをすることになる。

どうもこの事件に基づく噂が最も多いので、今回は取材をするだけで、話としては採用できないだろうと思いながら進めていたのだが、いざ調べてみると、面白いことが判明した。

強盗致傷事件は確かにあったが、それはこの城址公園には関係なく、もっと離れた場所で起きていた。そして、一家惨殺事件があったといわれる廃屋は、実は仏舎利塔を建てた宗教団体の道場であるらしいことが判った。この宗教団体は、道場を日常的に利用しているわけではないようなので、たまに道場を利用した際に、廃屋だと思っていた建物から、無数の人の声がしたり、お経が聞こえてきたりすれば、誤解する人がいるのも無理はない。

私はここまで調べて満足し、S城跡の城山公園が心霊スポットと呼ばれる理由は、多くの血が流れた山城であったこと、主郭跡に大きな仏舎利塔が建っていること、そして一家惨殺事件と関係があるかのような誤解がされていること、この三つであろうと思ったので、それ以上の取材をしなかった。

ところが現地を訪れてから二か月後、私が城山公園の取材をしたのを知った人から、ひとつの体験談が寄せられた。この方は地元在住の佐藤さんという方で、私が前述の持論を述べてみると、「あなたは肝心なことを何もわかっていない。あそこは結界なんです」と電話口で溜め息をつかれてしまった。

佐藤さんは取材当時三十代半ばだったので、彼が二十代前半に体験したことを考えると、今から十五年程前の話になる。

その頃、佐藤さんには、学生時代からの付き合いで、縁を切りたくても切れない、面倒事ばかり起こす先輩がいた。

一緒に酒を飲めば、すぐに泥酔して周囲の人と喧嘩を起こす。止めに入った佐藤さんが双方から殴られて怪我をしたこともあるので、先輩の酒に付き合いたくないのだが、断っても車で家の前まで現れて、強引に佐藤さんを連れて行く。もちろん佐藤さんは酒を飲めずに、酔った先輩を車に乗せて連れて帰る係であり、車は先輩のものなので、今度はそこから自宅まで、一時間以上かけて歩いて帰らなくてはいけない。

そんな性格なので、ひとつの仕事が長続きせず、職場を馘になる度に、佐藤さんの所へ金の無心をしにやって来る。本当は断りたいのだが、高校時代につるんでいた悪い仲間との腐れ縁というものは、彼の住む地域では大変に深い根を張っており、それを無下にすると、友人知人、職場の同僚、仕事仲間まで、あらゆるところから制裁を受けることになる。

一度、「俺だって金欠なんです」ときっぱり断って追い返したところ、なぜか先輩の幼馴染みという職場の上司が、「てめえに仁義はねえのか」「ならお前も馘にしてやろうか」と激怒してタコ殴りにされ、結局は先輩と上司に三倍の金を払う羽目になってしまった。

誰に対しても傍若無人に振る舞う先輩だが、恋人の久子さんのことは溺愛しており、どんなに我が儘を言われても怒ることがない。

久子さんは自称「霊感の強い女」で、本当かどうかもわからないスピリチュアルな話を延々と聞かせてくるため、佐藤さんはいつもうんざりしていたが、先輩は「うん、うん」と喜んで聞き役に回り、彼女が行きたいと言う度に、大好きな酒も飲まずに車を運転して、県内のさまざまなパワースポットへ通っていた。

そんなある日、久子さんが「S城跡の城山公園へ行きたい」と言い出した。パワースポットは構わないが、幽霊の出る場所は苦手な先輩は、「あそこはヤバいらしいよ」と止めてみたのだが、彼女は頑なに「だったら、なおさら行く！」と言って聞かない。

久子さんの持論は、「心霊スポットは、だいたいがパワースポット」というもので、霊が出ると有名な場所なら、なおさら行ってみたくなったようである。

ただ、行くまでは気乗りしなかった先輩も、実際に山の上にある仏舎利塔を目にすると、「うおー、すげえ！」と気分が上がり、二人であちこち散策をして楽しんだ。

ひとしきり見て回った後、久子さんは、仏舎利塔の建っている、城の主郭があった場所へ戻りたがった。そこは公園の中心部ということもあって、広場のようになっているのだが、彼女はそこをぐるぐると歩き回り、耳を澄ませ、周囲をきょろきょろと見渡して、本当に何かを感じているような仕草を見せはじめた。

こうなった時の久子さんは、邪魔をすると「黙って見てて！」と怒るので、先輩は煙草を吸いながら、彼女の様子をぼんやり横目で見守っていた。

やがて久子さんは、その場に座り込むと、瞑想でもするかのように、真剣な表情で、何かをぶつぶつと呟き出した。かと思えば、急に脱力したようになり、虚空を見つめたまま無言になったりもして、そんなことを繰り返すうちにだんだんと日が翳ってきた。

「おい、そろそろ帰ろうぜ」

先輩が声をかけると、久子さんはその場にスッと立ち上がった。

ところが久子さんは、山道を下りようとしていた先輩のほうには来ないで、そのまま公園の奥へスタスタと歩いていってしまう。

「どこに行くんだよ、駐車場はこっちだぞ」

そう先輩が声をかけた瞬間、久子さんの姿が半透明になった。

身体が透けて、向こう側が見えている。

先輩が絶句したのも束の間、彼女は空気へ溶けるように消えてしまった。


一週間経っても、二週間経っても、久子さんは消息不明のまま帰ってこなかった。

久子さんは素行不良で過去に何度も補導歴があるうえに、先輩のほうは逮捕された前科もあるので、警察は「どうせ痴話喧嘩して、お前のことが怖くて逃げてるんだろう。警察は興信所じゃないぞ」とまともに取り合ってくれない。

親とも折り合いが悪かった久子さんは、家出同然で飛び出してからまともに連絡を取り合っていなかったので、いくら先輩が「捜索願いを出してくれ」と頼んでも、「娘のことはとっくに死んだものと思ってるから」とやはりこちらも真剣に聞いてくれなかった。

それでも先輩は諦めず、「俺にはわかる。久子は今でもあの場所にいる」と言って、仕事にも行かず、毎日のように城山公園へ通っては、彼女の痕跡を探し続けていた。

当然ながら、佐藤さんも二、三度付き合わされたが、男二人で山道や公園をうろついたところで、何かが見つかるわけではない。公園を訪れたカップルや家族連れに、彼女の写真を見せて訊いて回ったりもしたが、首までタトゥーの入った先輩を怖がるだけで、有力な情報を入手することはできなかった。


久子さんが行方不明になってから、二か月以上が経過した。

彼女を探し続けているので、最近は先輩からの面倒な連絡も来なくなった。

気楽に感じる一方で、先輩は大丈夫なのだろうかと、一抹の不安も湧いてくる。

そんなある日の午後、久しぶりに先輩から電話がかかってきた。

「やっと久子のことを見つけたんだ。でも、俺一人の力だと難しくてな。お前、今からすぐにあの公園に来い。彼女のことを迎えに行くから」

佐藤さんが、「仕事中っすよ、すぐは無理ですって」といくら伝えても、先輩はいつになく真剣な声で、「来なかったら、マジで殺すぞ」と脅し口調になる。

最近の思い詰めた様子を見ると、本当に半殺しにされかねない。

仕方なく佐藤さんは体調不良を言い訳にして、嫌味を言われながらも仕事を早退した。

あーあ、早退は給料からペナルティで一万円差し引かれるんだよなあ、勘弁してほしいよなあ……と思いつつ、佐藤さんが公園の駐車場まで辿り着くと、待ちくたびれた先輩が、苛々した様子で待ち構えていた。

車から出るなり、「もうすぐ日が暮れるだろうが！　遅いんだよてめぇは！」と、思いきり先輩にグーで肩を殴られた後、「早く行くぞ！」と引きずられるように山道を歩かされる。

主郭跡の広場に着くと、先輩は急に口調が柔らかくなった。

「ほら、手を出して、俺の手を握ってくれ」

何を言っているのかと思ったが、どうも先輩は本気のようで、右手を前に出している。

逆らうと面倒なので佐藤さんも右手を出すと、先輩はそれを握り締め、さらにもう一方の手も添えてきた。なんだか急に気味が悪いが、佐藤さんも先輩を真似て手を添える。

すると先輩は満足したように頷いて、握手をした格好のまま、妙なことを言い出した。

ここはな、いろんな時代の、たくさんの想いが交わる場所なんだ。

わかるか？　魂が集まってくるパワースポットなんだよ、ここは。

昔ここには城が建っていて、城攻めの時には多くの人が命を落とした。

落城する時には、武士だけじゃない、女や子どもだって死んでいる。この場所は特別だから、思いを馳せれば、普通なら見えないものが見えてくる。ほら、俺と一緒になって、昔ここであったことに思いを馳せてみろ。ずーっとそのことを考えるんだ。耳を澄ませろ。意識を集中しろ。自分の外側に、世界が広がっていることを想像しろ。

先輩はそう言いながら、痛くなるほど佐藤さんの手を強く握ってきた。瞳孔の開いた眼はやや狂気じみているので、ここは大人しく従っておこう。佐藤さんは目を瞑り、先輩と向き合って両手で握手をした状態のまま、この場所が合戦場であったことを想像してみた。

前線に出される捨て駒たちに、戦争をしたい人間がどれだけいたのだろう。逃げることも許されないまま、死の恐怖を漲らせた者たちが、この小さな山城で、二人並ぶのがやっとの細い山道で向き合い、死にたくない一心で刃を振るい続ける。何十、何百という死体の山から血が流れ出て、山を赤く染めていく様は、どれほど凄惨な地獄絵図であったろうか。

過去の戦に思いを馳せていると、皮膚がピリッと痺れる感覚になった。

ほどなくして、波が寄せるようにして、無数の音がザーッと周囲を取り囲んだ。

それがすべて人の声だと気づいた佐藤さんは、驚いて目を開けた。


広場のあちこちで、半透明の人影が、蜃気楼のように揺らめいている。

それは甲冑を着た兵であり、着物姿の女であり、泣き叫ぶ子どもであり、セーターを着た中年女性であり、スーツを着た男性であり、暗い顔で座り込む老人であり、走り回る男の子であり、制服姿の女学生であり、それらが現れては消え、消えては現れるを繰り返している。


あり得ない光景に、佐藤さんが唖然としていると、先輩が「いたっ！」と叫んだ。

「久子！　おーい、久子っ！　こっち、こっち！」

先輩が大声で叫び続けると、やがて明滅して行き来する人の波から、彼女の姿がぼうっと浮かび上がってきた。

久子さんはそのまま二人の所まで来ると、握り合う手に、自分の手をそっと添えた。

次の瞬間、久子さんの姿はくっきりとした輪郭に変わった。

先輩は佐藤さんの手を振りほどくと、「久子っ」と言って彼女に抱きついた。

彼女のほうも、「帰って来れた、ありがとう……！」と感極まって泣きそうになっている。

気づけばあんなにいた人影や、周囲の声はすべて消えており、夕陽の射す広場では、深紅に煌めく仏舎利塔だけが静かに佇んでいた。

感動の再会を果たした二人は、しばらく抱き合ったり、キスをしたりと忙しかったが、辺りが暗くなってきたのを見て、「そろそろ行こう」と急に焦った様子になった。

三人は足早に山道を下りていくのだが、駐車場へ向かう坂道へ差しかかった時、佐藤さんは坂の下が異常に暗いことに気がついた。

「先輩、ちょっと待ってください。坂の下、やたら暗くて変じゃないですか。山道よりも開けた駐車場のほうが暗いなんてあり得ます？」

すると先輩に代わって、久子さんが返事をした。

「この城山は特別なの。私は霊感が強いから、別の場所に迷い込んじゃった。連れ戻してもらいはしたけど、まだ別の場所に続く扉は、開いてる状態なんだよね」

そうするうちにも、坂の下に広がる闇が近づいてきた。坂と駐車場の間に、黒い膜があるかのようで、すぐそこに停めている車を目視するのがやっとなくらいだ。

ところが久子さんは、躊躇うことなく向こう側へスタスタと歩いていく。

前を歩く先輩は、境目にあと一歩という所で、くるりと佐藤さんのほうに振り向いた。

そして、体重をかけ、両手でドンッと思いきり佐藤さんのことを突き飛ばした。

バランスを崩した佐藤さんは、後ろに倒れて、腰と背中を強く打ってしまった。

痛がる佐藤さんを見下ろしながら、先輩は申し訳なさそうに唇を尖らせている。


「悪いね……。彼女を連れて帰るには、一人置いていかないとダメだから」


先輩はそう言うと、暗がりのほうへと歩いていく。

驚いた佐藤さんが後を追おうとすると、坂の先はすでに漆黒の闇になっており、まったく先が見えない。それでも車のありそうな方角を目指して手探りで進んだのだが、急に目の前がパッと明るくなり、先ほどと同じ坂の下に立っていた。

何度試してみても結果は一緒で、まるでそこで空間が閉じているかのように、何度暗闇を進んでも、入った場所に戻ってしまう。

佐藤さんは恐怖と焦りで半ばパニックに陥りながら、暗い山道を駆け回った。

駐車場へ下りる坂道以外にも、山からの出口は他にいくつもあったはずだ。

先輩と何度も久子さんを探しに来ているので、構造はだいたいわかっている。

ところが、他の道から出ようとしても、山の下へと続くすべての道は、必ず最後が暗闇になっており、出ようとしても先ほどと同じことしか起こらなかった。

行ける範囲は、主郭跡を中心とした、城山公園のエリアのみ。

外はどうなっているのだろうと展望台にも行ってみたが、手入れがされておらず、街を見下ろせる場所は、木や竹に覆われて何も見えなかった。


もうどれくらい彷徨っているのだろう。時間の感覚もわからない。

不思議とお腹は空かず、いくら歩き回っても足腰が痛くならないので、もしかして自分はもう死んでしまっているのではないかと、佐藤さんは不安になってきた。

先輩の彼女が消えた先というのは、ここのことなのだろうか。

広場で見えた人影は、この場所を彷徨っているのだろうか。

考えたら、甲冑や着物姿だけでなく、洋装や現代的な恰好の人もたくさんいた。

もしかして久子さんのように、迷い込んだ人たちは、実はたくさんいるのかもしれない。

誰も助けに来てくれなかったら、自分はいつまでも出られないまま、この場所に永久に囚われ続け、やがて存在が希薄になって、霞んで消えてしまうのではないか――。

城山公園の道のあちこちには、古い地蔵がいくつも設置されている。

最初のうちこそ、佐藤さんはそれらすべてに手を合わせ、「お願いです、出してください」と祈っていたのだが、いくら手を合わせたとて、現状は何ひとつ変わらない。

とうとう佐藤さんは、何度試しても出られない暗闇の出口で、「ふざけるんじゃねえ」と叫んで、近くにあった木を折り、暗闇に向かって石を投げ、近くの地蔵を蹴り飛ばして、怒りにまかせて暴れ回った。

ひびでも入っていたのだろう、蹴った勢いで地蔵の一部が小さく欠けたのだが、その途端、漆黒の出口がほんのり明るくなった。

もしかして……。佐藤さんは傍にあった石を拾うと、「すみません」と心の中で謝って、地蔵の壊れやすそうな場所を何度か叩くと、また小さくパキンと欠けた。

これを何度か繰り返すと、暗闇が徐々に薄くなり、その先に続く道が薄く見えてきたので、佐藤さんはそこに向かって走り出た。

しばらくすると見慣れた場所になり、佐藤さんはようやく駐車場へ戻ってきた。

運良く逃げ出すことのできた佐藤さんは、そのまま車で逃げ帰り、九死に一生を得る思いで、あの閉鎖空間から脱出することができたのだという。

「城山公園が心霊スポットと言われるのは、あそこが本当に特別な場所だからです。

僕が見た多くの人たちは、幽霊なのか、迷い込んだ人なのか、それとも過去の記憶なのか、霊感のない僕にはまったくわかりません。

でも魂が行き交うような、そして迷い込めば出られないような、そういう場所なんじゃないかと思っています。

だから先輩の彼女みたいに、霊感が強い人なんかは、影響を受けないように気をつけたほうがいいのかもしれません。

宗教団体が仏舎利塔やお地蔵さんを建てたのだって、そういう場所だってわかっていたからなのかもしれませんよ。まあ、これはただの推測なんでわかりませんけど。

ただ、お地蔵さんを欠けさせて逃げ出した時に思ったんです。

そもそも城跡というのが、その形のまま結界みたいですよね。

なのに中央には仏舎利塔があって、道にはお地蔵さんも置かれていて、さらに木が生い茂って外が見えない展望台が蓋をして、幾つもの要素が絡みあっているうちに、ひとつの強い結界ができてるじゃないかと、そんな風に思ってるんです。

まあ、すべて僕の推論なんですが、ぜひ話を使う時はこの説を紹介してください」

たった一人の体験談しか聞いていないので、佐藤さんの説をそのまま採用するわけにはいかないが、彼の意見として紹介させていただいた。

ただ、かつては断崖絶壁という天然の要害を利用して城を築いた跡地が、今度は様々な要因が絡み合い、天然の結界を造っているのだとすれば、実に興味深い話ではある。

私としては、お地蔵さんを壊すという不謹慎な逃げ方ではなく、展望台の木を切ったほうがスマートに逃げられたのでは……とも思うのだが、悲惨な目に遭った佐藤さんに、それを求めるのも酷だろう。

せめて読者諸氏が迷い込んだ際には、まずそのやり方から試していただきたい。


なお、佐藤さんが帰還した後の話を二点補足しておく。

ひとつ。佐藤さんはどれだけの時間が経過しているのか不安になったが、確かめてみるとほんの小一時間であったという。

ふたつ。やはり一人は置いて帰らないといけなかったのだろう。先輩は翌日姿を消した。久子さんに送った最後のメッセージは、「向こうで待つ」だったらしい。

なお、久子さんのその後までは、佐藤さんも知らないという。

第四ノ扉　旅宿

彼方にて

若本衣織

恭平君が幼い頃、家族旅行は夏の恒例行事だった。

父、母、恭平君、妹と一家全員が夏生まれという中々珍しい構成であったことから、誕生日祝いの一環として、リゾート地にある某ホテルで贅を尽くすのが大きな楽しみだった。

恭平君が十歳を迎えた年のことだ。その年は懇意にしているホテルが改修工事で臨時休館となってしまったため、別の宿泊先を探す必要があった。

丁度そのタイミングで、父が同僚から、ある旅館の宿泊チケットを譲渡されたそうだ。

東海地方にある古びた温泉旅館だが、天然温泉と海の幸が堪能できる人気の施設である。

そういう触れ込みだった。宿泊代が丸々浮けば、別のレジャーや外食などにお金を割くことができる。渡りに船な話だ。家族全員、期待に胸を膨らませながら、片道四時間の道のりを両親が交互に運転しながら旅館へと向かった。

だからこそ、目の前に崩れかけたあばら家が現れたときは膝から崩れ落ちたという。

貰ったパンフレットの写真とは似ても似つかない様相である。国指定文化財を自称する玄関棟は、朽ちた木の裂け目から人の指のようなキノコが何本も生えている。恐る恐る正面玄関を潜った瞬間から、埃と黴が混じったような黒く饐えた臭いが鼻腔を突いた。

恭平君が傍らでえずく妹の背中を必死に摩っていると、暗い廊下の奥から滑るようにして和服姿の老女が現れた。まるでからくり人形のような動きに、母が思わず悲鳴をあげる。

「遠いところから、ようこそいらっしゃいました」

恭しく頭を下げる女将に、両親の顔が思い切り引き攣る。どうやら予約先は間違っていないようだ。明らかに意気消沈の様子だった両親とは異なり、このときはまだ、恭平君は初めて訪れる和風建築の古旅館が放つ独特な空気に魅入られていた。


宿帳に名前を記載した後は、女将の案内で暗い館内を一列になって進んだ。

長廊下に隣接した中庭では、雑に飼育されている鶏たちが鶏糞を撒き散らしながら大騒ぎしている。学校の鶏小屋で飼われているものとは異質の荒々しい雰囲気に、不謹慎ながら心が躍った。大きな庭石は白い糞で汚れてまだら模様になっている。まるで質の悪い感染症にでも罹患したような姿に、気味悪さと興奮で思わず声が漏れた。

長廊下の突き当たりが恭平君たちの部屋だった。

女将に促されるまま部屋に入ると、広縁と床の間もある二十畳ほどの大きな和室だった。古畳が放つ独特の臭気や備え付けの電化製品の古さに目を瞑れば、まずまずの部屋である。大きな押し入れを開けると一つは鉄パイプが通ったクローゼット風に改築されており、なぜかそこには男女問わず色とりどりの浴衣や小物が収納されていた。

「御覧の通り、うちは私一人でやらせていただいておりますので、行き届かないところはございますが、どうぞお子様たちは気兼ねなく走り回らせてあげてくださいね」

ずれた気遣いの言葉を残し、女将は戸を閉めると音もなく去っていった。

「まあ、タダで泊まらせてもらうんだから。多少の不満は、目を瞑ろう」

父親のやけに明るい言葉に、母親は苦笑しながらも頷く。妹は部屋の古さが恐ろしいのか半泣きになっていたが、両親がどうにか気分を盛り上げようと苦心したことで、何とか気持ちを持ち直すことができた。

荷物もある程度広げ終わったこともあり、両親は温泉に行く準備をしているようだった。ただ恭平君は太陽が昇っている間から風呂に入る気持ちになれず、その誘いを断り、部屋に残ることにした。丁度、読んでいる漫画本が佳境に突入していたのだ。

「それなら、せめてお父さんかお母さんが戻ってくるまではここで待っていなさい」

そう言い含めると、両親は妹を伴って部屋を後にした。

一人残った恭平君は最初こそ漫画本に熱中していたものの、如何(いかん)せん広い部屋に独りぼっちでいると何だかそわそわとして落ち着かない。妙に据わりの悪い心地がして、広縁に移動したり床の間の一段上がったところへ腰掛けてみたりしたが、どうもしっくりこない。

心細さが漣(さざなみ)のように押し寄せてくる。古い部屋だ。壁の染みや天井の節目が段々と顔に見えてきた。唐突に、恐怖心が湧き上がる。ここに一人で過ごすのは耐えられそうにない。

父親を追い掛けて温泉に行ってみようか。

せめて、脱衣所で待っているのはどうだろうか。

先刻、戻るまで部屋から出るなと言われたことは、頭からすっぽり抜け落ちていた。

恭平君は自身の旅行バッグを漁り、懐中電灯や虫かごや細々とした宝物を入れていたナップサックを取り出す。青いキルト生地の中央には、凶悪な顔をしたドラゴンが鎮座している。家庭科の授業で作ったものだが、出掛ける際は肌身離さず持ち歩いていた。

そっと扉を開き、格子戸越しに外を窺う。誰もいない。黒々と光る廊下が続いているだけだ。一歩踏み出せば、ギイと軋む音に合わせて靴下越しに床板の冷たさが伝わってきた。

歩みに合わせて、ギイギイ音は付いてくる。何だか巨大な生物の背中を踏みつけているような錯覚に身震いし、恭平君は脱兎のごとく走り出した。

旅館の中はとにかく複雑に入り組んでいた。幾つもの分岐を進み、階段を上り下りし、玩具のような太鼓橋や古臭い景品が並んだゲームコーナーを過ぎたが、一向に浴場が見付からない。壁に嵌めこまれた銅板の館内案内図は、風化していて読むことができなかった。

この辺りで、ようやく恭平君の中に「迷子になった」という自覚が芽生えた。

今自分のいる場所が二階だということしか分からない。廊下に面した窓から下を覗くと、まだら模様の庭石と無数の鶏たちが見えた。

延々と客室の扉が続いてはいるものの、そのどれにも人の気配がない。このフロアだけで三十室はあるはずだ。あの崩れかけたあばら家のような旅館内部が、こんなに広かったとは思えない。少しずつ積み重なる違和感が、恭平君の心を重く沈ませていく。

「すみません、誰かいませんか」

勇気を出して大声で呼び掛けるも、がらんとした廊下に音が反響していくだけだ。

「迷子になってしまいました。受付に連れて行ってくれませんか」

再度、駄目押しのように悲痛な訴えをする。何の応答も返ってこない。

こんなことなら、部屋で大人しくしていれば良かった。じんわりと涙が滲む。

諦めかけたそのとき、恭平君の声に呼応するように、十戸ほど向こうにある部屋の格子戸がガラガラと音を立てて開いた。慌てて近寄ってみると、その先の玄関戸も全開になっている。中に入るよう、促されているようだ。おずおずと踏込(ふみこみ)まで身体を入れ、様子を窺う。

「すみません」

呼び掛けてみても、部屋の主は出てこない。それどころか、部屋に人の気配がないのだ。視線の先、開け放たれた主室の中央に卓袱台(ちゃぶだい)が見える。明かりが消えて青く沈んだ室内、ただ湯飲み茶碗から立ち昇る湯気だけが白く揺らめいていた。

静かだった。何の音もなかった。

前室まで踏み入ろうとしたところで、ゴトンと重い音がして唐突に湯飲み茶碗が倒れた。タタタと中のお茶が零れ、畳の上に水溜まりを作っていく。窓の向こう側の木々が大きく揺れている。室内には湯飲みが机を転がる音と軽快な水音だけが響き、やがて静かに止まった。

途端、弾かれたように恭平君は駆け出した。得も言われぬ恐怖に身体が支配される。

ここにいてはいけない。ここにいるのは人じゃない。

必死の思いで、がむしゃらに走り続けた。

突然、足裏の感触が変わったことに驚き、恭平君は急ブレーキを掛けた。

恐る恐る下を見ると、何てことはない、板張りの廊下からカーペット敷きのエリアに足を踏み入れていたのだ。ホッとしたのも束の間、足を止めたことで、目の前に広がる光景の異様さを改めて認識した。赤い花柄の豪奢な絨毯、ダマスク柄のくすんだ壁紙、等間隔に並ぶチューリップを象(かたど)ったランプ。どう見ても、ホテルの内装である。

唖然として来た道を振り返れば、そちらは砂壁、ぼんぼり、格子戸と、純和風の造りだ。旅館とホテル。唐突に現れた境界線上に、恭平君は立っていた。

二つの異なる建物を適当に切って繋ぎ合わせたような、趣味の悪い構造である。

実際、最後の客室に至っては格子戸が三分の二ほどでぶった切られており、部屋として機能していないようにも思えた。先ほど読んでいた漫画に登場したモンスターの姿が脳裏を過ぎる。まるで建物のキメラだ。恭平君は違和感以上に薄ら寒いものを感じて仕方なかった。

こちらも人の気配はほとんどない。毛足の長い絨毯が足音を吸収するため、痛いほどの静寂に身を包まれる。急に恐ろしくなって、背中のナップサックをわざと鳴らしながら歩く。

長い廊下を歩き続けていると、突き当たりにエレベーターホールと階段が現れた。

真ん中の柱には、館内案内図が記された銅板が嵌めこまれている。旅館で見た銅板と同じものだが、こちらの方が幾分新しいものなのか文字がはっきりしている。しかし読めない。明らかに、日本語でも英語でもない言語で書かれている。何を示しているのかさっぱり分からない。唯一、簡易的な見取り図が描かれていたため、このホテルは地上五階、地下二階の歪なL字型をしていることだけが分かった。恭平君がいるのは、どうやら地下二階のようだ。旅館は二階、隣接するホテルでは同フロアが地下階。一体、どういった構造なのだろう。

目線を一つ上のフロアに動かす。人が泳いでいるようなピクトグラムが描かれている。これは、プールだろうか。もしプールなら、監視員がいるのではないだろうか。

そんな考えが恭平君の頭を過ぎった。

この際、ここが旅館でもホテルでも地上でも地下でも、何だって構わなかった。既に部屋から抜け出してから一時間以上が経過している。流石にそろそろ家族も風呂を終えて部屋に戻っただろう。自分がいないとなれば、大騒ぎになりかねない。客でも従業員でもいい、誰かに会わない限り、ここからは抜け出すことができないのではないか。

恐怖心と不安で乱れる呼吸を整え、一気に階段を駆けあがった。

階段を上りきった先で、また建物の雰囲気が変わった。

所々剥げた青い塗り壁、白い大理石の床、大きな窓ガラスが嵌めこまれたアルミ扉。相変わらず、どこかから勝手に切り抜き、無理やり繋げたような印象を覚える。

湿度で白く曇ったガラスには、例の言語が書かれている。ひび割れた赤いビニールの文字列は、読めないながらも温水プールを表しているのは明らかだった。

ガラスに耳を付けると、微かに水音が聞こえる。残念ながら、人の話し声は聞こえない。また空振りだろうか。半ば諦めながらアルミのドアノブを回し、中に入る。

真っ白いアーチ状の柱と、柔らかい陽光に目が眩む。斜めに切り下がった天井はガラス張りになっており、室内を明るく照らしている。水音しかしない、静かな宮殿のようだ。ふとこの場所が表記上は地下階に相当していることを思い出し、恐怖がぞくりと膝を撫でた。

楕円型の大型プールは、予想に反して超満員、寧（むし）ろ芋洗い状態だった。

お揃いの白い水着に身を包んだ老若男女たちが、犇（ひし）めくようにして戯（たわむ）れ合っている。溢れんばかりの笑みを湛え、泳いだり、潜ったり、互いに水をかけ合い、実に楽しそうだ。それだけに、誰一人として言葉を発していないという異様な状況が強烈に恐ろしかった。

施設の一番奥、左端のプールサイドに一箇所だけ、やけに薄暗い場所があった。そこにはベージュ色のコートを着た中年男性が気怠そうな顔で壁に凭れ掛かっている。係員だろうか。男が欠伸（あくび）を噛み殺した表情をしたところで、立ち尽くす恭平君と目がバッチリ合った。

途端、男の顔は愕然とした表情に変わった。

「あの、すみません。僕、迷子になっちゃって」

慌てて、プール端にも届くように大きな声で呼び掛ける。しかし、それも途中で言葉を呑み込んだ。眼下のプールでは、人々が動きを止め、棒立ち状態で恭平君に注目していた。

誰もが皆、無表情だった。光の消えた瞳は、何も映していないようだった。臍から下を水の中に沈めた大勢の白い肉体が、まるで彫像のように棒立ちしている。数百の瞳に見据えられ、恭平君は言うべき言葉を失った。ふと視線を逸らすとコート姿の男がジェスチャーをしながら、必死な形相で何か叫んでいる。何も聞こえない。水音以外、何も届かない。

男は苛立った様子でプールサイドを走り出した。明らかに、視線は恭平君を捉えている。

こっちに来る。

反射的に恭平君はアルミ扉を開け、外へと転がり出た。

どうしよう。どこに行こう。

子供の足では、あっという間に追い付かれてしまうだろう。大急ぎで階段を下り、地下二階のホールへと戻ってくる。銅板の案内図の横にある、エレベーターが目に映った。

ボタンを押すと目の前の扉はすぐに開いた。慌てて乗り込み、最上階のボタンを押す。

ゴウンゴウンと地響きのような音を響かせて、エレベーターは動き出した。

静かに上昇する箱の中で、恭平君は声を押し殺して泣いた。もうどうすればいいのか全く分からなかった。このままエレベーターで辿り着いた先も、安心できるとは到底思えない。

そんな複雑な気持ちとは裏腹に、エレベーターはチンと甲高いベルの音とともに、最上階へ到達した。ガタガタと震えながら開く扉の先には、浴衣姿の人々が大勢歩き回っていた。ガヤガヤと賑やかな雰囲気に、少しずつ凍てついた心が解れていく。どうやらホテルの宴会場のようだ。皆々、手には白い皿を携えている。バイキングを楽しんでいる様子だった。

「あれ、恭平。あんた、何でこんなところにいるの」

突然浴びせられた素っ頓狂な声に、恭平君の心臓が跳ねる。恐る恐る振り返ってみると、そこには白い皿に肉料理らしきものをこんもりと盛り付けた浴衣姿の母親が立っていた。

「お母さん……」

口の中が渇いて、掠れた声しか出なかった。母は呆れたような顔をして、恭平君を促す。案内されるまま、宴会場の中央にある白い円卓まで辿り着いた。そこには同じ浴衣に身を包んだ父と妹が、既に何かを貪り食っている。母は恭平君のナップサックを椅子の肩に掛けると、自身も席に着き、皿の中のものを無茶苦茶に口の中へ突っ込み始めた。

「お母さん、あのさ」

恭平君が話し掛けるも、見向きもしない。

それならばと父や妹に目を向けるが、母と同様、目の前の皿の中身に夢中なようだ。

くちゃくちゃくちゃという咀嚼音、荒い鼻息、皿が机とぶつかる音だけが響く。

皿をベロベロと舐めていた妹が、ようやく顔を上げた。皿の中身がなくなったようだ。新たな料理を追加するためか、皿を手に立ち上がる。座っているときには気付かなかったが、明らかに恭平君より身長が高かった。これは妹ではないと直感した。

「ねえ、お母さん」

泣き声混じりの声で三度呼び掛けると、急に妹がけたたましい笑い声をあげた。大きく開かれた口から覗く歯の形は鋸歯のように鋭く尖り、明らかに人間のそれとは異なっていた。

恭平君は椅子から崩れるようにして落っこちた。そのまま四つん這いになって、円卓から逃げ出す。家族は誰一人気にしていない様子で、皿の中身に夢中になっている。宴会場の床を這いずり回る恭平君の身体を、たくさんの足が跨いでいく。皆、同じ浴衣を着ている。

涙で前が滲んだ。一度動きを止めると、もう動こうという気が起きなかった。喧騒の中、赤い花柄の絨毯の上で小さく蹲（うずくま）ったまま、恭平君はただ泣くことしかできなかった。

どれくらいそうしていたのだろうか。不意に誰かが背中を叩き、耳元で囁いた。

「恭平君、立って。下だけ見ながら歩くよ」

低い男性の声だった。泣き腫らした目は、男に言われるまでもなく上手く開くことすらできなかった。涙で滲んだ視界の中、誰かに手を取られ、ゆっくりと歩き出す。

ガヤガヤとした人の声は、すぐに遠くなった。どうやら宴会場から出たようだった。そのまま長い廊下を歩き、幾つか階段を下りた。真っ暗な機械室のような場所に入ったかと思えば、やけに明るい部屋の中を通る。真っ赤な絨毯、石畳、青いリノリウム、大理石、黒い板張りの床、鼠色のカーペット。床だけをひたすら見て、歩く。

そうやって三十分も歩き続けただろうか。

暗い部屋に続く扉の前で男は手を離すと、恭平君の背中をそっと押した。

「じゃあ、そのまままっすぐ進んで」

抗う気持ちも残ってなかった。言われるがまま、歩き出す。

どうやらリネン室のようだ。たくさんのタオルが両側に積み重なっている。その中には、バイキング会場で両親と妹が着ていた白い着物も入っていた。布の山は次第に崩れ、遂には行く道を塞ぎ始めたが、恭平君はそれらを無理やりに掻き分けながらまっすぐ進んだ。

息苦しい。石鹸と黴が混じったような匂いに、頭がくらくらする。

部屋の中は真っ暗闇だ。

目を開けていても閉じていても、視界が変わらない。

暫く歩いていると、壁にぶち当たった。木製の壁のようだった。これ以上、進めない。

悔しさに、思い切り壁を叩く。壁板は思いのほか薄いようだ。振動でガタガタと揺れた。

今度は思い切り体当たりをする。手ごたえを感じて、二度、三度と身体をぶつける。このまま破れそうだ。渾身の力を込めて壁に向かった瞬間、俄（にわか）に目の前が明るくなった。

どうやら、何者かの手によって壁が取り払われたようだ。

慌てて布の間から顔を覗かせてみると、目に飛び込んできたのは当惑した表情の両親、そしてあのやけに広い和室だった。


恭平君は出てきた場所は、あのたくさんの着物が突っ込まれた押し入れだった。

パンパンに泣き腫らし、半ば恐慌状態だった恭平君の様子に両親は大いに驚いていたが、押し入れの中で眠って怖い夢を見たのだろうと、恭平君が体験した出来事を話したところで取り合わなかった。

旅行は滞りなく終わり、翌年以降はまた、改修後のリゾートホテルが宿泊先に戻った。

あの旅館のことは今でも家族団欒（だんらん）の場で話題に上ることはあるが、旅館の汚さからは想像できない泉質の良さ、そして意外と食事が豪勢だったことが語られるばかりだった。

ただ父親曰く、件の旅館は家族で訪れた翌年に閉館したらしい。建物自体もすぐに取り壊され、今ではその場所にはファミリーレストランが建っている。建物の規模からしても、そう大きいものではない。勿論、巨大リゾートホテルが隣接していた記録もない。

恭平君自身も、次第にあの日体験した出来事が夢の中の物語として昇華されつつあった。

旅館での出来事から十数年の歳月が経った。

ある日、恭平君は悪友たちと一緒になって、深夜の心霊スポット探訪をしていた。

そのときに訪れたのは地元の新興宗教施設跡で、教祖が莫大な献金を持って逃亡したのち、教団も空中分解したため今日まで荒れるがままにされてきた場所だった。

巨大な肖像画や怪しい名簿などを大袈裟に怖がりつつ進んでいくと、施設最奥部に巨大な金庫があった。分厚い扉のダイヤル式金庫だが、既に扉が半開きになっており、ほとんどの中身が持ち出された様子だった。

それでも、かなりの数の書類と雑多な小物が残っていた。

早々に金庫の中身に興味を失った友人とは異なり、ひょっとしたらお宝があるのではないかと恭平君は必死になって中身を掻き回す。すると表に「重要機密／開封厳禁」と書かれた茶封筒が書類の束から滑り落ちてきた。糊付けされた上に封緘が押されており、今日まで開かれた形跡はない。

これだよ、これ。

友人に見せる前に、こっそり中身を検(あらた)める。どうやら中身は十枚程度の写真のようだ。ただ、写っているのはどれも変哲ないガラクタばかりだった。懐中電灯、カッターナイフ、虫眼鏡、プラスチック製の虫かご、定規、キャラクターのステッカー、小石、何かのネジやワッシャー等々。脈絡のないものばかりが白い布の上に恭しく置かれ、写真に収まっていた。

拍子抜けした。

何かもっとお宝写真かと思えば、まるで警察の遺留品写真だ。恭平君は半ば惰性的に写真を捲っていたが、最後の一枚を手にした瞬間、雷に打たれたような衝撃が走った。

ドラゴン柄の青いナップサックが、光沢のある白い生地の上に置かれていた。ガタガタの縫い目で取り付けられた名札には、汚い字で恭平君の名前が書かれている。

心拍数が上がった。震える手で、今まで惰性で捲ってきた写真をもう一度見直す。よく見れば、どれもこれも見覚えがあった。

いや、あのナップサックは旅行先のどこかで紛失したはずだ。

必死にそう言い聞かせてみても、頭の中では、まるで昨日のことのように宴会場での出来事が鮮やかに蘇る。椅子の肩に引っ掛けたまま、あの場所に置き去りにしてしまった自身の宝物。その写真がなぜ、こんな場所で厳重に保管されているのか。

手汗で写真がぬるつく。手に持っていた数枚が滑り落ち、床に散らばる。慌てて拾い上げようとしたところ、写真の裏側にボールペンでメモ書きがされていることに気が付いた。

「さがらきょうへい。彼方にて」

恭平君は写真を全て持ち帰ると、近くの河原でジッポオイルを掛け、火を点けた。
最後の写真が燃え尽きる直前、確かにあの旅館の入り口で嗅いだ黴と埃が混じった臭いが、一瞬だけ鼻腔を衝いたという。

待ってるよ、よこみちくん

夜馬裕

「旅先で失踪した友達から、『待ってるよ、コースケ』ってハガキが届いたんです」

そう語るのは、光介（こうすけ）さんという二十代後半の男性。

失踪した友人は、横道（よこみち）さんという大学時代の友人だという。


「僕らが出逢ったのは、大学のロシア文学科でした。自分で言うのもなんですけど、今どきロシア文学を専攻するなんて、相当な変わり者ですよ。だから気が合ったんですけどね」


大学三年生の夏休み、横道さんから、「旅行をしよう」と誘われた。

だが、彼は普段から「旅は一人で行くものだ」と公言している。どういう心境の変化なのだろうと思っていると、横道さんは「すれ違い旅行だよ」と言い出した。

友人と、旅の思い出は語り合いたい。でも、やはり誰かに気を遣いながら旅をするのは嫌なので、日をずらして、同じ場所へそれぞれ一人旅をしないか、というのである。いかにも変人の思い付きそうな遊びだが、面白そうなので光介さんもやってみることにした。

まず、離れすぎていないけれど、まったく違う所へ二人はそれぞれ旅に出る。

お互い好きなように一日を過ごし、寝る前に今日一日、何時にどこへ行き、何をして、何を食べたのかを、なるべく詳しくまとめて相手に連絡する。

そうして翌日は、前日相手が過ごした通りのタイムスケジュールで、同じ場所に行き、同じことをして、同じご飯を食べる。そうやって二泊した後、三日目に大学で合流して、旅の思い出を語り合おうというプランだ。

一日目は自分の好きに旅をして、二日目は一人旅でありながら、相手の旅行プランに沿って旅をするので、なんだか一緒に旅をした感覚になる。やってみると思いのほか楽しくて、光介さんと横道さんは、大学を卒業するまでに五回もすれ違い旅行をしたという。

学生時代はこんな付き合いをずっと続けられると思っていたのだが、いざ社会人になってしまうと、公務員になった光介さんと、就職せずアルバイトをしながら全国を旅して暮らす横道さんとでは生き方がまったく違ってしまった。

段々と会う頻度が減り、卒業して五年を過ぎる頃には、もう年に一、二回しか会わなくなっていたのだが、ある時、横道さんの妹さんから電話があり、「兄が旅先で失踪して、連絡がつかないんです。兄の唯一のお友達なので、行き先を知りませんか」と尋ねられた。

唯一の友達、などと言われながらも、彼とはもう一年近く会っていない。

「行き先を知りませんか」「何か悩んでいませんか」「最近の兄はどうでしたか」などと訊かれる度に、「知らない」「わからない」を繰り返すことになり、どんどん気落ちする妹さんの声を聞きながら、光介さんは恥ずかしいような、申し訳ないような気持ちになっていった。

「だからかもしれません。横道から突然、■■温泉郷のポストカードが送られてきて、行った場所、食べた物、泊まった宿の箇条書きの下に、『待ってるよ、コースケ』と書かれているのを見た時、よし！　久しぶりに付き合ってやるか、と思ったんです」

光介さんは念のため妹さんに連絡して、「旅に出ているだけだから心配ありません、僕は呼び出されたので会いに行ってきます」と伝えると、妹さんは「とても兄のことを心配しているんです。お邪魔でなければ、私も同行させてもらえませんか」と言ってきた。

友達の妹さんとはいっても、女性と一緒というのはなんだか気後れしてしまう。当日の待ち合わせ場所には、かなり緊張して臨んだ光介さんだったが、現れた妹さんは可愛らしいうえに気さくな人で、移動中の電車内で会話するうちに、かなり打ち解けることができた。

横道が送ってきた通り、お寺に行き、鍾乳洞を見て、温泉卵と牛スジカレーを食べ、最後に指定された温泉宿に泊まる。

どうせ横道さんは先に宿で待っているのだろうと思っていた光介さんは、初対面ながら、妹さんと軽いデート気分を味わって、すっかり浮かれた気分で宿に赴いた。

ところが、宿に着いても横道はどこにも姿を現さない。

夕食を食べ、温泉に入り、二十三時を回っても、横道さんは姿を見せなかった。

そこで光介さんは一計を案じ、宿のフロントまで行くと、「横道健太という知り合いがこちらの宿に泊まっているはずなんですが、部屋番号がわからないんです。もちろん、宿の方も勝手に部屋を教えるわけにはいかないでしょうから、お手数ですが内線で連絡をしてもらって、『ロビーで待っている』と伝言をお願いできませんか」と頼んだ。

さすがにこれで会えるだろうと思っていたのだが、宿のスタッフから、「そのお名前で宿泊されている方はいらっしゃいません。でも同じお名前の方は、先月の●日にご宿泊されていますので、お日にちをお間違えではないですか」と言われてしまった。

どうやら横道さんは、温泉地まで呼びつけておきながら、本当に最後まですれ違い旅行をやる気らしい。妹さんが「連絡がつかない」と心配しているからわざわざ来たのに、相変わらず人騒がせなことをする奴だ。さすがに少しムッとした気分で部屋に戻ると、敷かれた布団の枕の上に、一枚のメモが置かれている。

そこには間違いなく横道さんの字で、「次は、コースケ」と書かれていた。

部屋を出るまで、こんなメモは絶対になかった。

驚いた光介さんは、別室に泊まっている妹さんへ内線をかけ、今起きたことを伝えると、妹さんは暗い声で「やっぱり兄は消えたんだと思います」と言った。

詳しい事情を聞いてみると、横道さんは大学卒業後、どうやって生きていけばよいのか、かなり人生に思い悩んでいたらしい。

人間関係の苦手な自分にとって、会社に勤めることも、家庭を持つことも、どこかに根を張って生きていくことも、何もかもうまくできる自信がない。旅はそんな自分からの逃避であったはずなのに、いつしか旅をする中でしか、生きていけない人間になってしまった。

幼い頃から兄妹仲が良く、互いに何でも打ち明けられる妹にだけは、そんな本音をこぼしていたようなのだが、一年ほど前から急に様子が変化した。時々、旅先から手紙を送ってくるのだが、その内容は横道さんの精神状態を疑いたくなるようなものばかりであった。

「ここではない場所に行きたいと思いながら、旅をして暮らすうちに、旅には人間の存在を希薄にする力があることに気づいたんだ。本当はそろそろ死のうと思っていたけど、死ななくても「ここじゃないどこか」に辿り着くことができることを知ったよ」

「私、お兄ちゃんが自殺したんじゃないかと、それぱかり心配していました。でももしかしたら、本当に『ここじゃないどこか』へ行ってしまったのかもしれないな……って。

このままだと、お兄ちゃんは世界から消えてしまいそうな気がします。

お願いがあります。このまま、すれ違い旅行を続けてもらえませんか。そしてその旅に、私も同行させてもらえませんか。親友の光介さんなら、連絡をくれそうな気がして」


突然の話に面食らった光介さんだが、施錠した部屋にメモが忽然と現れたのを見つけているので、「ここじゃないどこか」にいる横道さんが、自分とすれ違い旅行を楽しむというのは、案外ありそうな気がしたので、「いいですよ、やってみましょう」と返事をした。


次の週末、光介さんは妹さんと二人で、北陸へ旅行に行った。

美しい庭園を見て、美術館へ行き、のど黒と香箱ガニを食べ、歴史ある旅館へ泊まる。

そして部屋を出る時、枕の上に、前日何をしたか、何を食べたのかを記した紙を置いて、最後に『待ってるよ、よこみちくん』と書き添えて宿を後にした。

すると一週間後、東海地方の温泉街の消印が押されたハガキが届いた。やはり旅の内容と宿の名前、そして最後に『待ってるよ、コースケ』と書かれていた。

かくして光介さんと妹さんの二人は、この奇妙なすれ違い旅行を続けていくことになった。

もう二年近くも続けているのだが、そうするうちに二人の仲は深まって、この話を聞かせてもらった時には、もう結婚してご夫婦になっていた。

今も旅行の方法は変わらないが、横道さんから届くハガキは、『待ってるよ、お二人さん』に変化している。

消印の付いたハガキが届くこと、字を書いたメモを残すところから、二人からすれば横道さんは幽霊などではなく、この世界と重なっているけれど、でも少しズレた別の世界……のような所にいるのだと話していた。

話を聞き終えた私は、「もしかすると横道さんは、親友と妹はきっと気が合う、と思っていたのかもしれません。大好きな妹と親友が、二人揃って自分と旅をしてくれるなんて、案外いい異世界生活かもしれませんね」と笑った。

すると、光介さんと奥様は何とも言えない表情で顔を見合わせた。

「僕らも、ずっとそう思っていたんです。でもよく考えれば、僕らのしていることって、かなり異常なことですよ。だけど感覚が麻痺して、そのことを忘れていたんです」

前回の旅で、二人はたまには違うことを書いてみようと思い、軽いユーモアのつもりで、『待ってるよ、よこみちくん』の代わりに、『たまには逢いにいくよ、よこみちくん』と書いてメモを残した。

するると、横道さんから届いたハガキには、旅先でも温泉地でもなく、ただの住所が書かれていた。どこだろうと思って調べてみると、彼らがもうすぐ引っ越しを予定している新居の住所であった。

何をやるかのプランには、『扉をあける』『中に入る』の二つだけしか書かれていない。

そして最後のメッセージには、『迎えにいくよ、お二人さん』と書かれていた。

「僕たち、このまま引っ越して大丈夫だと思いますか……？」

そう訊かれたものの、私は何と答えていいかわからなかった。

第五ノ扉　路駅

午前八時十五分

若本衣織

都内、某駅。

午前七時四十分。

町村(まちむら)さんは鞄から定期券を出し、改札のＩＣカードリーダーに翳(かざ)した。軽快な電子音とともに緑色の扉が開き、そのまま二番乗り場へ続くエスカレーターを上がっていく。アナウンスが他社路線の遅延情報と振替輸送の案内を伝えている。今日の車内は大混雑かもしれない。

午前七時五十五分。

乗り継ぎ予定のターミナル駅に到着した。ここで地下鉄に乗り換え、勤務先の最寄り駅へと向かう。予想通り、人身事故の影響から車内の乗車率は定員を大幅に超えている。尤(もっと)もこの路線は都内の主要駅を横断していくので、普段から乗客は多い。通勤、通学、出張かレジャーか、大荷物の客も大勢いる。酷い混雑だ。背の小さい子供は身体が浮きかけていた。

車内の冷房は最大出力になっている。それでも暑い。気温というより、湿度が高い。窓ガラスは呼気で白く曇り、時折垂れた結露が引っ掻き傷のような模様を付けていく。隣に立つ乗客が立ち位置を整えるために身震いし、髪の毛の先に溜まっていた汗が腕に飛んできた。

不快指数は最高潮だ。溜め息、舌打ち、小競り合い。誰もが苛立っている。

時計をちらりと確認する。九時の始業まで、まだ時間があった。

このまま電車に乗り続けていても精神衛生上良くない。シェアサイクルに切り替えよう。

町村さんは閉まりかけた扉に身体を捻じ込ませ、無理やり地獄の車内から抜け出した。


午前八時十分。

会社の最寄り駅までは、残り二駅。

歩いたって間に合う時間だが、炎天下の中、少しでも涼が取れる通勤方法を選択したい。

ちらりと駅の表示板を見る。名前は知っているものの、降りたことがない駅だった。ただ首都圏ならば、今はどこだってシェアサイクルのステーションが見付かる。案の定、アプリを開けば、駅を出てすぐのコンビニエンスストアがサイクルステーションとなっていた。

それにしても、汗を掻いたな。

ワイシャツはじっとりと湿り、湯気が立っているようにも見える。これが自分の汗だけなら良いのだが、他人のものだと思うと辛抱堪らない。社会人にとって、今や匂いケアは必須の身だしなみになっている。再び汗を掻くとしても、まず一旦、身を清めたい。

幸い、この地下鉄路線は、ホーム内にトイレを設置している駅が多い。偶然にも、町村さんが降り立った駅も同様の構造だった。人波に逆らい、ホーム端を目指す。

　トイレの入り口から続く細い通路の突き当たりに、姿見がある。始業前にもかかわらず、既に鏡の中の自分は終業時と同じ疲れ切った顔をしている。思わず、苦笑が漏れる。

　そこを左に折れて小階段を昇ると、右側には手洗い場と清掃用具が入っている個室、左側には小便器が三つ、その先には個室トイレが二つ並んでいる。場所の制約もあってか、幾分小規模な造りだ。

　運がいいことに、先客はいなかった。

　一番奥の個室に入り、鞄をフックに掛ける。ワイシャツとインナーを脱ぎ、取り出した制汗シートで体中を拭う。人工的なミントの匂いと強い清涼感が鼻から脳まで突き抜けた。満員電車で刻まれた不快感が吹き飛ぶ。新発売のボディシートだが、爽快感が段違いだ。丁度残りも少ないことだし、忘れない内に駅ナカの売店で購入しておこう。

　再びインナーを被り、ワイシャツのボタンを留める。鞄をフックから下ろし、個室トレイのドアを開ける。変わらず、利用者はいない。この路線は三分ごとに電車が出ているはずだが、随分不人気なトイレである。もしかしたら、ホーム端にわざわざ行くよりも、駅構内のトイレの利便性が高いのかもしれない。確かに、このトイレは狭く小汚い感じがした。

　今何時だろう。

ふと思い立ち、携帯電話を確認する。

八時十五分。これなら駅前のカフェで一服しても、余裕で会社に到着できる。

そんなことを考えつつ小便器と手洗い場を過ぎ、階段を下り、姿見を横目に通路を進む。

再び、目の前には小便器が現れた。

思わず、口元が引き攣る。

いやいや、そんなはずはない。寝ぼけているのだろうか。

手洗い場で顔を洗い、ハンドタオルで勢い良く拭う。携帯電話を見ながら歩いていたから、もしかしたら右に曲がるべきところを引き返してしまったのかもしれない。我ながら、何て馬鹿なんだ。やはり、ながらスマホは良くない。携帯電話はしまっておこう。

階段を下り、姿見を横目に通路を進む。白い無機質なタイルの先に、小便器が現れる。

いやいや、だから、そんなはずはないんだって。

町村さんは少し焦りながら周囲を見渡す。何の変哲もないトイレだ。格子のように敷き詰められた白いタイルの中には、所々、ピンク色のタイルの意匠も窺える。手洗器は三つ。一番右のボウルには黒い亀裂が走っており、真ん中の鏡は露出した地金が錆びている。

丸っきり一緒である。やはり寝ぼけているのかもしれない。

小走りに階段を下り、姿見を過ぎ、通路を抜ける。小便器が現れる。

もう一度。階段を飛び降り、姿見を後ろ目に確認し、細い通路を駆け抜ける。小便器。階段、姿見、通路。その先には小便器。何度繰り返してもトイレの中央に戻ってしまう。十数回ほど繰り返したところで、町村さんは肩で息をしながら手洗器に寄り掛かった。

駄目だ。何回やっても抜け出せない。

時計を見る。八時十五分。始業時間にはまだ十分時間があるものの、状況が状況だけに、町村さんは焦りを隠せなかった。

以前、前頭葉萎縮による常同行動で、家の中で迷子になってしまう高齢者の特集をテレビで観たことがあった。自身がそうであるか、確認する術はない。背中に厭な汗が伝う。

「すみません！　どなたか、近くにいらっしゃいませんか！」

恥を忍んで、声を張り上げた。

「トイレに閉じ込められています！　誰か、駅員さんを呼んでいただけますか！」

答えはない。町村さんは怒りに任せて鞄を壁に叩きつけた。

何かおかしい。いや、恐らく自分がおかしくなっているのだろう。

もしかしたら脳が大声を出したと錯覚しているだけで、実際の自分の姿はただトイレで呆然と立ち尽くしているのかもしれない。そうなると、いよいよ脳の病気だ。それも随分、深刻な病状だ。今この瞬間にも脳の血管が破裂して大出血を起こしている可能性がある。

町村さんは震える手で携帯電話を取り出し、会社の事務窓口へダイヤルした。通じない。

一一九へと電話を掛けるが、ツーツーツーと、虚しいビジートーンが流れるばかりだ。

電波状況は問題なさそうだが、一体救急ダイヤルが話し中ということがあるのだろうか。

仕方なく、インターネットにアクセスしてウェブ上の緊急通報システムを利用しようとしたが、表示されるページ全てが文字化けしてしまい、使い物にならない。遂には検索サイトのバナーまでもがグニャグニャと曲がり始めた時点で、町村さんは通報を諦めた。

そうだ、トイレの清掃会社はどうだろうか。

トイレから出られないのならば、誰かが来るのを待っていたらいい。我ながら名案だ。

町村さんは極力頭を揺らさないようにしながらトイレ最奥部にある掃除用具入れに近付いた。大抵、掃除のチェックシートに担当者のサインと清掃時間が書かれているはずだ。恐る恐る、ドアのつまみを引っ張る。

あった。一週間分の日付と時刻と担当者名、備品の補充状況まで細やかに記されている。

早速、前日の清掃記録を見る。朝一番の清掃時刻は九時だ。運がいい。

携帯を取り出し、現在時刻を確認する。八時十五分。あと四十五分待てば、必ず来る。

少し気持ちに余裕が出た町村さんだったが、ふと思い直し、胸ポケットにしまった携帯電話を再び取り出した。待ち受け画面は、実家の飼い犬の写真とアナログ時計が合成されたライブ壁紙に設定している。明るい液晶画面の中では時計の秒針が、淡々と時を刻んでいく。

八時十五分。五十六秒、五十七秒、五十八秒、五十九秒……

秒針が頂点を指したところで、長針は微動だにしなかった。液晶表示のアナログ時計だけではない。右上に表示されているデジタル時計の方も、八時十五分のままである。

時刻設定のエラーかと思い、設定をリセットする。ついでに携帯電話も再起動してみる。一度暗転した画面が、再び白い光を放つ。液晶に表示された時刻は八時十五分だった。

もしかすると、自身はとんでもない事態に巻き込まれているのではないだろうか。

町村さんは、膝の裏がざわざわと粟立つのを感じた。自分がおかしいのではない。自身が異様な状況下にあるという確たる証拠の一つが、この時計のエラーに表れている気がした。

脳の病気ではなく、自分だけが午前八時十五分から抜け出せないのではないか。

まるで時間の檻の中へ放り込まれたかのようだ。昔そんな内容の本を読んだ覚えがある。きっと清掃員は現れない。助けも来ない。町村さんは震える手で携帯電話を暗転させると、胸ポケットへと滑り込ませ、そのまま頭を抱えてしゃがみ込んだ。

どうしたものか。

あれから更に五回ほどトイレの出口を目指してみたが、結果は変わらなかった。逆向きに歩いたり、目を瞑って進んだり、途中で引き返しもしたが、同様である。姿見の先の空間がトイレ中央部分に繋がっている。振り返ると元来た通路は閉じ、背後には白いタイル壁が天井まで聳えている。どうやっても抜け出せない。忌々しさに、掃除用具入れのドアに何度も何度も頭を打ち付ける。そのとき、気が付いた。やけに足首辺りがスースーと冷えるのだ。

どこかから風が来ているのか。

ハッとして掃除用具入れのドアを開ける。ホウキやモップが凭れ掛かった正面の白い壁、その接地面には僅かな隙間があった。隙間の向こうからは、微かに明かりが漏れている。

これは壁ではない、ドアだ。おずおずと白いベニヤ板を押せば、何の抵抗もなく開いた。ドアの先には薄暗い上り階段が続いている。白い壁タイルと銀色の手すり、瞬く蛍光灯。見慣れた改札口へと続く連絡階段である。なぜこんな場所に出口へ繋がる道が隠されていたのかは分からないが、ひとまず胸を撫で下ろした。これで、やっと外へ出られる。

本当にそうだろうか。

町村さんは思い直し、胸ポケットから携帯電話を取り出した。

午前八時十五分。丁度、秒針が一周して、再び同じ時刻を指し示す。変わっていない。

トイレで手を拱いていても仕方がないのは分かっている。思い切って扉を全開し、顔を覗かせた。誰もいない。痛いほどの沈黙と微かに埃っぽい風が降りてくるだけだ。

意を決し、一歩踏み出す。念のため掃除用具入れに続くドアは開いたままにしておいた。一段一段、踏みしめるように歩みを進めていく。特段、変わった様子はない。

中腹まできたところで急に恐ろしくなり、思わず上ってきた階段を振り返った。階下には、全開にしておいた扉の向こうから乱雑に立てかけられた掃除用具が覗いている。

大丈夫。今のところ、道は消えていない。

何か起きたとしても、元来た道を辿ってトイレに戻れそうだ。

僅かな安心材料を得た町村さんは、大きく深呼吸をし、階段を進むことに決めた。


蛍光灯は時折瞬きながら、長々と続く壁と床のタイルを照らし続けている。

階段を上りながら、町村さんは既にこの先が自身の望む場所ではないことを察していた。

異様に静かだったのだ。何の音も聞こえない。主要駅ではないものの、東京の中心部に位置しているだけで乗降客数は桁違いに多いはずだ。それなのに、人の話し声は疎か、一つの靴音だってしていない。構内に誰もいないのは明らかだった。

上りきった先は、広めのコンコースが広がっている。大理石製の円柱や天井には出口を示す黄色い案内看板が備えられているものの、黒い矢印が示す先にはタイル張りの壁が待ち構えているだけだ。電光掲示板も、自動改札機も機能していない。念のため、改札ゲートを抜けて構内最奥部の壁まで走っていったが、地上に続く階段やエレベーターは見当たらない。ある程度予期していたものの、町村さんはがっくりと肩を落とした。

いよいよ、本当に変な世界へ迷い込んでしまったようだ。

それにしても、人っ子一人見当たらない駅というのも随分非日常的な空間である。

改札横の駅務員室は勿論、キオスクの中の販売員もいない。喉が渇いたので冷蔵庫からペットボトル飲料を手に取り、逡巡したのちに少し多めの小銭を青いトレイ上に乗せた。

自動販売機の電気は点いていたが、反応はなかった。証明写真機も同様の状態である。

何をすべきか分からず、コンコース内を当て所なく歩き回った。何も起きない。

不安で堪らず、今一度、上ってきた階段を引き返してみた。掃除用具入れが見えたところで、安心してコンコースへと戻る。携帯電話の時刻は相変わらず八時十五分を指している。

そういえば、反対側ホームへの階段はどうなっているのだろうか。

唐突に思い立ち、そちらに足を向けた。

ある。自身が上ってきたものと同様のデザインの階段が、眼下に延びている。

下りてみようか。

一段だけ、足を掛けてみた。ざわざわと不安が這い上がってくる。

堪らず足を引っ込めようとしたが、歯を食いしばってもう一方の足も揃えてみた。

駄目だったら、戻ってくればいい。

何度目になるか分からない気休めの言葉を自分自身に掛けつつ、町村さんは息を思い切り吸い込むと、転がるようにして階段を駆け下りていった。

下りきった先には、予想通りプラットホームがあった。

プラスチック製の椅子が連結した白いベンチに、無人の待合室。行き先を示す電光掲示板は消灯している。頭上にある案内板から、この場所が四番ホームであることだけが分かる。

目の前には電車が停まっていた。電気が点いておらず、車内は暗い。乗客の姿はなかった。

この電車に乗れば、どこかへ抜け出すことができるだろうか。

そんな考えが町村さんの脳裏に過ぎったが、自身の頬を思い切り張り、正気を取り戻す。

目の前に停車している赤色の電車は、妙に古めかしいデザインに思えた。今時、こんなに四角張った電車も少ないだろう。車内では扇風機がカラカラと音を立てながら回っている。風が当たっているのか、車内の中吊り広告が揺れていた。呆然とした表情の女性の写真が中央に大きく印刷されており、その周囲には何やら細かく文字のようなものが書かれている。窓越しでは内容が掴めないものの、なぜか彼女に対する非難めいた内容に思えた。同様の中吊り広告は老若男女問わず電車の中に掲示されており、いずれも見覚えのない顔だった。

ホームの端まで歩くと、入りきらなかった車両が長々と線路上に取り残されているのが分かった。何両編成なのか見当が付かない。先頭車両は遥か遠く、青紫色に立ち込めた夕靄の中に溶けてしまっている。

このホームは、普段あまり人が訪れない場所なのかもしれない。

コンクリートの割れ目からは苔や雑草が顔を覗かせていた。劣化した地面で靴底がジャリジャリと鳴る。ホーム先端に備え付けられた転落防止柵は、赤茶色の錆に覆われている。

視線を電車の行く先に向けると、車両を覆うようにして延々と草原が続いていた。露を含んだ風が葉先を揺らしていくのか、シャラシャラと草同士が擦れる音がする。その光景は学生の頃に旅行先で訪れたサトウキビ畑を彷彿させ、急に胸の締め付けられる思いがした。

きっとこの電車も万緑の海を割るようにして、どこまでも走っていくのだ。

それは、さぞ美しい光景だろう。

ぐらりと気持ちが揺れる。町村さんはぎゅっと口を結び、再び両頬を力いっぱい張った。

しっかりしろ。ここは地下鉄で、更に自分は今、東京にいるんだ。

午前八時十五分。夕景が見えるはずはない。地下階に見渡す限りの草原もあり得ない。

暗い地下のコンクリート牢獄に囚われている事実を忘れたら、絶対に戻れなくなる。

急に湧き上がってきた感傷をどうにか封じ込めると、町村さんは赤い電車に背を向けた。途端、それを待っていたかのように間の抜けた発車ベルが鳴り、電車がゆっくり滑り出す。横目で見遣れば、やはり乗客は一人も乗っておらず、最後尾の車掌室にも人影はなかった。

電車の去った後のホームは閑散としており、妙に物悲しかった。

相変わらず電光掲示板は消えているし、柱に巻かれた時刻表は空白だった。恐らく、暫く電車はやってこないだろう。ようやく見ることができた反対側のホームにも、人影はない。町村さんはホームの写真を二、三枚撮ると、大きな溜め息を一つ吐いて階段に足を載せた。

ホームを背に階段を上っていくと、先ほど訪れたコンコースに戻ってきた。

もう随分、疲れていた。思えば、冷蔵庫から取り出したペットボトルの水すら開けていない。身体もさることながら、精神面に関しても相当負荷が掛かっていた。

誰もいないことだし、いっそのことビールでも飲みながら大の字で寝てしまおうか。

やけくそになった町村さんは、開きかけたペットボトルを鞄に戻し、キオスクへ向かう。

腰高の冷蔵庫には、栄養ドリンクや清涼飲料水に混ざり、缶酎ハイやビールが冷えている。これもまた、トレイに料金を置いておけば問題ないだろう。缶ビールを二本取り出し、カウンターへ目を遣った瞬間、思わぬ事態に腰が抜けそうになった。

明かりの消えたキオスクの中に、後ろ向きの状態で誰かが立っていた。パーマを掛けた暗い髪色の、恐らくは中年女性だ。青色のエプロンを腰に巻いている。

「あの、すみません」

恐る恐る、町村さんは女性に声を掛けた。返事はない。

それどころか、まるでビデオの一時停止ボタンを押したかのように微動だにしない。この近距離で声を掛けて、聞こえないはずもないだろう。そもそも、壁にピタリと顔を付けて佇立している時点で、この人もまともではなさそうだ。町村さんは手に持っていたビールと鞄から取り出したペットボトルをカウンターに置き、そっとキオスクを離れた。

辺りを見渡して気が付いた。先ほどまでは無人だった構内に、チラホラと人の影がある。誰もが壁にピタリと額を付け、後ろ向きのまま立ち尽くしている。サラリーマン、制服姿の学生、登山リュックを背負った老夫婦、トランクを持った外国人観光客――。

改札横の駅務員室には、制帽と制服を身に付けた駅員らしき人物が、やはり背を向けた状態で突っ立っていた。窓ガラスをノックしたが、何の反応も得られなかった。

なぜ急に人々が現れたのかは分からなかったが、余り良い傾向ではない気がしていた。然程広くはないコンコース内には、老若男女十五人ほどが背を向けた状態で起立している。証明写真機の鏡に頭を付けているスーツ姿の男性もいた。

もしかしたら、わざわざ覗き込まなくても鏡越しに顔が見られるかもしれない。

閃いた町村さんは、静かに男の背後に立つ。しかし、そこで奇妙なことに気が付いた。

背を向けている男の靴先が、町村さんの方向を指していたのだ。

足音を立てないように後退り、町村さんは一旦、唯一の安全圏に戻ることを決めた。


午前八時十五分。

男子トイレの中央で立ち尽くしながら、町村さんは絶望に打ちひしがれていた。

コンコースを抜け、元来た階段を辿ると、清掃用具入れは何も変わらず待ち構えている。

ひょっとしたら状況が幾ばくか改善しているのではないかと期待して、再びトイレの外に出ようと試みたが、もう何度も繰り返した通り、変わらずトイレの中央に辿り着いた。

もしかしたら、壁に向かって突進したら元の世界に突き抜けたりしないだろうか。

昔、ゲームの攻略本に掲載されていたバグを利用した真偽不明の裏ワザが頭を過ぎった。

失敗したら、思い切り頭をぶつけることになる。それが怖くて目を閉じて歩き出したが、直前になって目を開いてしまった。壁を前に気を付けの姿勢となった自分にぞくりときて、慌てて近くのトイレの個室の便座に座り、高鳴った心臓を必死に宥めた。

パンパンに張った脹ら脛がじわりと熱を放っている。俯いていると、涙が滲んだ。どう足掻いても出られない。元の世界に帰れない。

絶望的な事実を前に、町村さんは再び立ち上がろうという気力を失っていた。

今はもう、休みたかった。とりあえず、十分だけで良いから眠りたい。

そう思って、携帯電話を開き、アラームを設定する。

十分したら、もう一度だけトイレの出口を試してみよう。もう一つのホームを隅々まで歩いてみよう。立ち尽くしている人たちに声を掛けてみよう。だから、今は少しだけ休もう。

タイマーが動き出す。町村さんは鞄を抱き込むと、固く目を閉じた。


アラームの電子音で目が覚める。

時計を見る。八時二十五分。丁度、十分が経った。そろそろ動きだそう。

思い切って立ち上がり、身体を伸ばしたところで、ようやく頭が働き出した。慌てて、胸ポケットから携帯電話を取り出し、時計を表示する。

午前八時二十五分。

震える足で一歩、個室の外に出る。格子のように敷き詰められた白いタイル壁、三つの小便器と清掃用具入れ、自分が出てきた二つの個室トイレと三つの手洗器。一番右のボウルには黒い亀裂が走っており、真ん中の鏡は露出した地金が錆びている。

ゆっくりと小階段を下り、姿見を過ぎ、通路を抜ける。

その先には、たった今、到着したばかりの電車が大勢の人をホーム上に吐き出している。ざわざわとした喧騒が町村さんを包む。念のために確認するが、全ての人間に顔があり、爪先はきちんと正面を向いている。立ち尽くす町村さんの横を、迷惑そうな表情でスーツ姿の男性がすり抜け、トイレへと吸い込まれていく。

町村さんはベンチにへたり込むと、会社の事務部宛てに、欠勤の連絡を入れた。

そのまま、ふと思い立って携帯電話のデータフォルダを開く。

写真欄の先頭には、あの四番線ホームで撮った写真がある。ただそこには線路もホームも写っておらず、夕闇に沈む草原だけがどこまでも広がっている。写真の撮影時刻は、午前八時十五分を示していた。

あけたら、しめる

夜馬裕

古来、怪異に出遭うとなれば「夜道」と相場が決まっていた。

怪異というものは、見晴らしの良い草原の真ん中に堂々と現れるものではなく、いやそうした怪異もあるのかもしれないが、その多くは人が行き交う場所で、人の暮らしの合間を縫うようにして、ひっそりと、煙のように立ち昇って現れる。

その意味で、大きな街道ともなれば、そこに暮らす人たちから、旅人や行商人、果ては大名行列まで、行き交う人々の想いが沁みついているのだろうし、街道が交差する場所ともなれば、人の想いが澱のように溜まっていき、時として「魔」を引き寄せ、或いは「あちら側」への扉を開いても不思議ではない。

そして近代以降、交通網が発達し、徒歩や馬ではなく、車や電車で移動するようになってからは、多くの人の想いを運び、それらが交差している一番の場所は、おそらく「駅」ではないかと思うのだ。

私はその観点から、駅の怪談をいくつも収集してきたのだが、その中でもとりわけ、異界を彷彿とさせる怪異譚を紹介したい。

関東圏の某鉄道会社に勤務していた遠藤さんは、当時三十代後半。

運輸系の現場専門職として就職した後、複数の駅で、駅員、車掌、運転士とキャリアを重ねたベテラン職員で、その年の春からは、乗降数の多い主要駅で駅員として勤務していた。

もうすぐ駅舎の改装工事が始まる予定だったので、それに伴う業務フローの変更や、使用する設備の変更、荷物の移動など、駅職員は皆忙しい毎日を送っていた。

遠藤さんは備品の管理を担当していたのだが、改装に伴い今の備品倉庫は取り壊されてしまうため、通常業務の合間を縫って、倉庫の整理や備品のチェックに追われる日々だった。


この備品倉庫の奥には、壊れた機器類を山積みにした棚があるのだが、その棚に半分隠されるようにして、隣の物置へ続く金属製の引き戸が設けられていた。

施錠はされていないのだが、建付けが悪いようで、何度も強く引かないと、扉を横に動かすことすらできない。

駅に赴任早々、気になった遠藤さんは中を覗いてみたのだが、畳を二枚縦に並べたくらいの小さな縦長の空間で、壁も床も剥き出しのコンクリートに囲まれており、あちこち錆びた古いロッカーが、奥の壁際にひとつ設置されている以外、何も置かれていなかった。

ロッカーは、職員が使用しているものよりひと回り大型で、中に危険物でも保管してあるのか、細いチェーンで幾重にも巻いて、そこに南京錠までかけてある。

忘れられ、放置された危険物は、容器の劣化などで中身が漏れ出し、思わぬ事故を引き起こすことがあるので、気になった遠藤さんが上司に念のため報告すると、同僚たちも皆その存在は知っており、上司からは「危険はないので放っておくように」と言われた。

上司が言うには、あのロッカーは二十年以上前から小部屋に置かれており、誰も中身は知らないという。前の駅長が本社へ処分を打診したこともあるのだが、「現状のまま保管」と指示が返ってきたので、本社がそう言うのなら……と片付けもせず放置してきたようである。

どうやら同僚の間でもあの小部屋は気味悪がられているようで、中から女の声が聞こえた、獣のような唸り声がした、内側から扉を叩く音がした……など噂を挙げればきりがない。中には「本社のお偉いさんが殺してしまった死体がロッカーに入っている」という者までいる。

さらには、この駅で勤務歴の長い直属の先輩から、「あれは、ああいうものなんだ。気にしないほうがいい。ロッカーは開けたらダメだぞ」と真剣な顔で注意されてしまった。

ただそうは言われても、改装で備品倉庫は取り壊されるのだから、担当する遠藤さんとしては、倉庫内の整理を進めないわけにもいかない。
あまり気にかけないようにして、忙しく働いていたのだが、ある日の午後、遠藤さんが倉庫で備品数のチェックをしていると、奥の小部屋で激しい物音が鳴り響いた。

ガタガタガタ　ガタガタガタ　ジャラジャラ　ガタガタガタ……

ロッカーが大きく揺れているのだろう、巻いたチェーンもジャラジャラ音を立てている。
もしかすると、ロッカーの背面や床に穴でも開いており、中にネズミが入り込んでしまったのかもしれない。だとしたら、壁や床に穴が空いていることになる。
小部屋の扉を開けると、ロッカーはやはりガタガタと揺れている。

ううう……うううううっ……うう……うううううっ……

しかもロッカーの中からは、かなり苦しそうな、人の呻き声まで聞こえてきた。
驚いた遠藤さんは、倉庫の電話から直属の先輩へ内線をかけて現状を報告し、どうすればよいか指示を仰いだのだが、先輩からは嫌そうに「放っておけ」と言われてしまった。

「放っておけって……これ、中に誰か人がいますよ」

「いいよ。そういうものなんだって。気にしなくていいよ」

「とりあえず中を確かめます。南京錠の鍵って、どこにあるんですか？」

「どこにもないよ。そもそも最初から、鍵なんてあったかどうか……」

緊急事態かもしれないのに、先輩は冗談か何かと勘違いしているようだ。

このままだと埒が明かないので、「●●さんに報告しておいてください。僕は今から中を確認します」と上司への伝言を依頼して電話を切ると、遠藤さんは倉庫の用具入れからチェーンカッターを手に取り、ロッカーに巻いてある細いチェーンをバチンバチンと切断した。

すべてのチェーンが外れた途端、ロッカーの揺れと呻き声がぴたりと止まった。

遠藤さんが身構えながら、恐る恐るロッカーのドアを開けると——。

学生服姿の少女が、膝を抱えて座っていた。

少女は真っ青な顔で、壁にもたれてぐったりと動かない。

声をかけても、目を閉じたまま反応がないが、ハア……ハア……とかすかな呼吸音や、苦しそうに小さく呻く声はしているので、生きているのは間違いない。

危険な状態だと判断した遠藤さんは、急いで救急に通報した。


救急車で運ばれた少女は、外傷や暴力の痕跡はなく、酷く衰弱していたものの、命に別状はなかった。

警察によると、少女は一週間前に下校途中で姿を消して行方がわからなくなり、両親から捜索届が出ていた十六歳の高校生であった。不思議なのは北海道で行方をくらました少女が、遥か離れた関東の駅舎、しかもチェーンと南京錠で施錠されたロッカーの中から出てきたことで、遠藤さんをはじめ、駅職員はかなりしつこく警察の取り調べを受けた。

ただ、備品倉庫前に設置された防犯カメラには、誰かが少女を連れ込む様子は一切映っておらず、また回復した少女が、「家出しただけ」「自分でロッカーに入った」と強弁するので、事件になることを望まない両親の意向もあり、この出来事はそれ以上追及されることなく、うやむやのまま終わりを迎えた。

遠藤さんとしては、衰弱した少女を助け出したので、善いことをしたつもりだったのだが、上司や先輩からは「余計なことをして」「放っておけと言ったのに」と責められ、同僚からは「お前、女の子を監禁してたの？」と訊かれる始末。誰からも人命救助を褒められない。

それでも、退院した少女がその足で駅事務室を訪れて、遠藤さんに挨拶をしたいと言ってくれた時には、さすがに感謝してもらえるだろうと思っていた。

「退院できてよかったね。もう大丈夫なのかな？」

そう遠藤さんが微笑みかけても、少女はなぜか険しい表情でこちらを睨みつけてくる。

「あなた、開けちゃったものを、閉められるんですか？」

「……えっ？」

「あなた、開けちゃったものを、閉められるんですか？」

「……えっと……」

少女は甲高い声で、遠藤さんを詰問するかのように同じ台詞を繰り返した後、お礼はひと言も述べずに、「すみません……」と困惑した表情の両親に支えられながら去って行った。

救助した相手にまで責められたので、遠藤さんはすっかり厭な気分になってしまったが、今回の出来事に関しては、最初からおかしなことばかり起きていた。あの小部屋だって、もうすぐ取り壊されるのだ。これ以上余計なことを考えずに、自分の仕事に集中しよう。

遠藤さんはそう思って気持ちを切り替えようとしたのだが、この日を境に、彼の家庭でも妙なことが起こるようになった。


「最近のママ、ちょっとヤバくない?」

妻の様子がおかしいと、最初に気づいたのは娘のほうだった。

「なんかさあ、ドアとか少しでも開いてると、めっちゃ怒るんだよね。そのくせママは全部開けっ放しで、それ指摘しても知らん顔するわけ。最初はムカついたけど、だんだん、心の病気とかだったらどうしよう……って思ってるんだけど」

遠藤さんの家は、二歳下の妻と、中学生の娘さんとの三人家族だ。

娘が大きくなってから、妻は稼ぎのいい夜勤のパートをしているため、遠藤さんの仕事が忙しいと、顔を合わせないすれ違い生活になりがちだ。娘に言われるまでは気づいていなかったが、確かに最近、ドアや引き出しが開けっ放しのことがある。

改めて注意して妻の行動を見ると、ドアや扉は開けたまま閉めず、箪笥や棚の引き出しは、使ったきり戻そうとしない。しかもそれが、日を追うごとに酷くなっていき、ついにはトイレのドアを開けたまま用を足したり、ドアを開けたままシャワーを浴びて、洗面所をびしょ濡れにしたりする。

遠藤さんがいくら「きちんと閉めなさい」と言っても、妻は「そうねえ」などと生返事するばかりで、まったく言うことを聞こうとしない。

それればかりか、自分で開けっ放しにしておきながら、まるで遠藤さんがやったかのように、「あなた、開けたら閉めてくださいな」と、開いたドアを指して言ってくるので、わけがわからず気味が悪い。

一方で、遠藤さんがたまにドアを閉め忘れたり、半開きのままにしていたりすると、もの凄い勢いで駆け寄ってきて、「ちょっと！　開けたら、閉める！」と耳元で叫ぶ。

明らかに様子がおかしいので、やんわりと精神科の受診を勧めてみたが、妻は笑いながら「病院だなんて大袈裟ねえ。開けたら、閉めればいいだけでしょう」と聞く耳を持たない。

ただ、それ以外の場面では、会話も成り立つし家事もパートも普通にこなしているので、遠藤さんは呆れながらも、しばらく様子を見ることにした。

やがて駅の改装工事が始まり、備品倉庫は取り壊され、あの小部屋やロッカーも処分された。遠藤さんは内心、取り壊しの際に事故でも起きたらどうしようと心配していが、工事は大きな問題もなく、滞りなく進んでいるようだった。

だが妻の奇妙な行動は、工事が進むにつれて悪化の一途を辿っていき、やがて家中のドアや窓を開け、全部の棚を引き出すようになってしまい、いくら閉めてもすぐに開けてしまうので、次第に遠藤さんと娘は、妻の奇行を半ば諦めて暮らすようになってしまった。

とはいえ、妻をこのままにするわけにはいかない。もう少しで仕事も落ち着くから、無理にでも精神科へ連れていかなくては……。遠藤さんがそんなことを考えていた、ある晩のこと。

リビングで娘とテレビを観ていると、浴室から「ギャッ！」という妻の悲鳴が聞こえた。それきり何も声がしないので、遠藤さんは「どこかにぶつけたんだろう」くらいにしか思っていなかったが、「ママどうしたの？」と声をかけても返事がないため、娘は心配になったようで、「ママ、だいじょうぶ？」と言いながら、浴室へ様子を見に行った。

遠くから、洗面所のドアが、カチャ、と開く音がする。

数秒後、娘が「ママー」と呼びかけながら、ガラガラと浴室の扉を開く音がした。

えっ、今扉を開けたよな……？　今日は珍しく、ドアを閉めていたんだろうか。

遠藤さんは不思議に思いながらもテレビを観続けていたのだが、一分経っても、二分経っても娘が戻ってこないばかりか、浴室からまったく物音が聞こえてこない。

何となく不安になった遠藤さんが様子を見に行くと、先ほど確かに娘が開けたはずの洗面所のドアが、ぴったりと閉じられている。

開けたように聞こえただけで、実際はドアを閉める音だったのだろうか。

或いは、そっと閉めたので、音がしなかったのかもしれない。

洗面所は、入ってすぐ右側に、脱衣所と浴室がある。

そして浴室の扉もまた、しっかりと閉じられていた。

浴室の扉は、中折れ式で、開け閉めをするとガラガラとかなり大きな音がする。

音は一度しか聞いていないから、開けて、閉めた、はあり得ない。

開けっ放しの浴室に入ってから、娘が扉を閉めたということなのか。

もしかすると、二人でお風呂に入っているかもしれないので、遠藤さんは外から何度か呼びかけたが、返事がないばかりか、中から一切音がしない。

さすがに不安になった遠藤さんは、「おい大丈夫か？」と浴室の扉を開いたが、中には誰の姿もない。それどころか、浴室は乾いており、風呂に入った形跡すらなかった。

頭が混乱した遠藤さんは、軽くパニックに陥りながら家中を探し回ったが、隠れる場所もない２ＬＤＫの室内で、妻と娘を見つけることができなかった。

玄関にはチェーンロックがかけられているので、こっそり外へ出た可能性もない。

残された二人の靴を見ながら、遠藤さんが茫然としていると、すぐ後ろで物音がした。

振り向くと、いつの間にか、妻が真後ろに立っている。

そしてニッコリ微笑むと、まるで幼子に言い聞かせるような口調で言った。

「言ってるでしょ。開けたら、閉める。そうしないと全部なくなるの。開けたら、閉める」

妻は「開けたら、閉める」と呟きながら洗面所に入り、勢いよくドアをバタンと閉めた。

遠藤さんは、「おい、ちょっと待て！」とすぐにドアを開けたのだが、洗面所にも浴室にも妻の姿はなく、まるで魔法のように、一瞬にして消えてしまった。


「それ以来、妻も娘も姿を消したまま見つかっていません。

きっと僕は、開けてはいけないモノを開けたんだと思います。

そのせいで、妻も娘も、どこか遠くに消えてしまった。

でも、駅は改装されて、ロッカーもありません。

どうやって閉めたらいいのか、まったくわからないんですよ。

たぶんロッカーで見つけた女の子も、何か理由があって消えたんだと思います。

もしかすると妻と娘も、あの女の子みたいに、弱って、苦しんで、どこかの狭い箱の中で呻いているんじゃないかと思うと、居ても立ってもいられません。

会社は辞めて、貯金を切り崩したり、短期のバイトをやりながら、二人のことを見つけるために、もう何年も全国のあちこちを訪れています。

きっと閉めなくちゃいけない扉は、あの駅のロッカーみたいに、人がたくさん集まって、昔から変わらなくて、それなのに目立たない場所にあると思うんです。

だから全国の駅を回って、開けっ放しの扉がないか、ずっと探し回っているんですよ。

その扉を閉めたら、妻と娘は帰ってくる。僕はそう信じています」

話し終えた遠藤さんは、「何かわかれば情報提供ください」と言って深々と頭を下げると、まるで追われるようにして、取材をしていた喫茶店から走り去って行った。

遠藤さんは取材中、わざわざ鞄のチャックを開けて膝に置くと、中から財布や小物入れなどを取り出して、まるでそうするのが当たり前であるかのように、すべての口を開けてから机の上に並べていった。

驚いた私がそれを指摘しても、「ええそうですね。開けたら、閉めないと」と微笑むので、私は何と言ってよいのかわからなくなり、最後まで見て見ぬふりをしながら話を聞いた。

その姿を見ながら私は、もしかすると今もどこかの駅の片隅で、この世ならざる場所につながる扉がひっそりと口を開いているのではないか、そんな気持ちになってしまった。

――開けたら、閉める。

読者諸氏もまた、この言葉を忘れないようにご留意いただきたく思う次第である。

魔の十字路

夜馬裕

「うちの近所には、『魔の十字路』があるんですよ」

そう言って写真を見せてくれたのは、大川さんという四十代の男性。

昔から、四つ辻は「魔」に出遭うと言われていたから、さもありなんと思いながら写真を見ると、十字路ではなく、行き止まりの道が左右に分かれたT字路が写っている。

私が「これって……」と言うと、大川さんは「まあ、話を聞いてよ」と笑った。


彼の話では、このT字路は見通しが良く、交通量も少ないうえ、住宅街にあるので車もスピードを出していないのに、どういうわけか頻繁に衝突事故が起きてしまう。

どんな事故かは決まっていて、時刻は二十三時から深夜二時の間、走行してきた車が、なぜかT字路を曲がろうとせず、突き当たりのブロック塀に衝突する、というものだ。

ただし、いずれの車も交差点であることは理解しており、手前できちんと一時停止をしているか、少なくとも徐行運転はしているので、壁には衝突するものの、運転手の命に関わるような大事故は一度も起きていない。

大川さんの住んでいるアパートは、まさにT字路の曲がり角に建っており、彼が住んでいる二階の窓から顔を出せば、事故現場はすぐそこなので、人の声まで聞こえてくる。

事故を起こした運転手は、たいてい「壁が見えなかった」「十字路だと思った」と困惑した様子で警察に言い訳をするのだが、警察のほうも慣れているのか、「なるほどね」などと言いながら、それ以上深く追及しようとしない。

このアパートに住んで五年経つが、もう七回も同じような衝突事故を目にしている。

いくら何でも多すぎるうえに、運転手の供述が毎回似ているのも少し奇妙だ。

常々そう思っていた大川さんが、ある晩、駅前の飲み屋で店主相手にこの話を語っていると、カウンターの奥にいた男性が急に彼のほうを向き、「壁が消えて、道が見えたんです！」と大きな声で話しかけてきた。

驚きつつも話を聞いてみると、なんと男性もT字路の壁に車をぶつけたことがあるのだが、軽く接触しただけなので、通報はせずにその場から逃げ去ってしまった。その負い目があるので、これまでは口にしてこなかったが、大川さんの話を聞くうちに、同じ思いをした人間が他にもいると知って、我慢できなくなり声をかけてしまったのだと説明された。

数年前、男性が車でT字路に差しかかった時には、突き当たりにブロック塀はなく、正面には暗い空き地の中を抜ける道が、確かに続いていたのだという。

以前にも通ったことのある場所なので、「あれ？　ここ十字路だったかな……」と不思議に思いながら、恐る恐るゆっくり直進してみたところ、すぐにガンッと衝撃が走り、その途端、目の前の景色がブロック塀に変わってしまった。

話し終えると、男性は「信じてくれなくてもいいけどさ……」と俯いてしまったが、大川さんはこの話を聞いて、三年前に見た、不思議な光景を思い出していた。

その晩、大川さんはアパートの窓を開けて、ボンヤリ外を眺めがなら煙草を吸っていた。

すると、通りの向こうから、エンジン音を響かせて一台の車が走ってきた。

車はスピードを出したまま、なぜかまったく減速せずに、正面にブロック塀のあるT字路へと真っ直ぐ突っ込んでいく。

危ない！　大川さんが心の中で叫んだ瞬間、車は直進したまま、まるで塀の中へ吸い込まれるようにして、そのままフッと姿を消した。

急いで外へ飛び出し、周囲をくまなく確かめたが、車が衝突した形跡はどこにもない。

寝る前だったこともあり、うとうとして夢でも見たのだろうと、無理に自分を納得させていたのだが、男性の話を聞いて、あれは幻覚ではなかったと確信できた。

「というわけで、この写真の場所は、『魔の十字路』なんですよ。行き止まりのはずなのに、その先に続く、あるはずのない道が見えてしまう。

これは想像なんですけど、たぶん減速していると、車は塀にぶつかって、その先に行かないんじゃないのかな、と。

でも減速せずに十字路を突っ切る車は、そのまま『あちら側』へ消えてしまう。

だとしたら、事故にも事件にもはなっていないだけで、人知れず姿を消した車は、他にもたくさんあるのかもしれない……、そんな風に思っているんです」

なお、ブロック塀の先は、誰が所有者かもわからない、廃棄されたビニールハウスの並ぶ大きな空き地で、「生産緑地」の看板が掲げられたまま雑草が生い茂っているそうだ。

事件があったとか、曰くのある土地だとか、そんな噂はまったくないのだが、大川さんが夜中に窓を開けて煙草を吸っていると、たまに眼下の空き地が、妙に暗く感じる時がある。

元より空き地には照明がないので、深夜になれば広い空き地は真っ暗になるのだが、それでも壊れたビニールハウスの骨組みすら見えず、まるで墨を流したかのように漆黒の闇が広がっている夜があり、そんな時は、暗闇に見えてはいけない何かが浮かび上がってくるような気がして、大川さんはいつも目を逸らしてしまうのだという。

第六ノ扉　市街

ねむりのまち

若本衣織

豊(ゆたか)さんが生まれたのは、北関東のとある新興住宅地だ。

特段、主要となる産業や目立つ観光地もない。豊さんが誕生する十年ほど前に山を切り拓いて造成した住宅街というだけで、率直に言えば、どこにでもありそうな普通の町である。住民同士の結びつきも強く、地域行事も盛んなこともあり、多忙な両親に放置されがちだった豊さんでも、たくさんの大人たちに見守られながら寂しさを覚えることなく育った。

ともすれば何の事件も起きそうにもないその町で、豊さんはたった一度だけ、奇妙な出来事に巻き込まれたことがあるという。


一九九八年、初夏。豊さんが小学五年生の頃の話である。

その日は、小学校のプール開きの日だった。まだ少し肌寒い頃ではあったが、豊さんは水泳の授業を心待ちにしていた。初回の授業カリキュラムは大抵、水に慣れるためのレクリエーションが主である。水の中に沈んだ色とりどりのブロックを潜水して拾い上げ、チームごとに点数を競い合う。豊さんは最も多くのブロックを拾ったＭＶＰとして表彰され、水泳の授業後は英雄扱いに鼻高々だった。

しかし、三・四時間目で体力を使い果たしてしまった豊さんにとって、給食以降の時限は睡魔との闘いだった。何度となく首が落ちかけるも、担任教諭の目もあり、居眠りは許されない。結局、六時間目まできっちり授業を受け、放課後のクラブ活動まで終えた頃には、半ば意識が飛びかけるくらいに疲弊しきっていた。

いつもならば帰宅後はランドセルを放り出して友人たちと公園で夕暮れまで遊ぶのだが、流石に全ての誘いを断り、自室のベッドに沈み込んでしまったそうだ。


目が覚めたのは、午後八時過ぎだった。

豊さんの両親は、夫婦で居酒屋を経営しているため、夕方以降は一階の店舗に掛かりきりである。自室から出てリビングの扉を開けると、机の上には既に夕飯が準備されていた。

両親は常々、豊さんが一人で夕食を取らなければならない事態に罪悪感を覚えていたようだったが、当の豊さん自身は、テレビを独占できることやながら食べが許されることもあり、不満に思ったことはなかった。就寝時も、階下から響いてくる酔客の笑い声に耳を傾けている内に、いつの間にか朝を迎えていることも多かった。

しかし、その日だけは目が冴えてしまい、どうしても眠ることができなかった。

学校から帰宅後、三時間以上も昼寝をしてしまったのが良くなかった。両親から十時までに床に就くようにと固く言い含められていたが、どうにも寝られない。息を潜めて携帯ゲーム機で遊んでいたのだが、少しも眠くならない。秒針の音が、やけに大きく聞こえた。

ちらりと時計を確認すると、零時まで十分を切っている。そろそろ両親が帰ってくる。携帯ゲーム機の電源を落とし、ベッドに滑り込む。ぎゅっと目を瞑り、気休めだとは分かっているが、頭の中で羊の数を数え始める。

百四目の羊が、柵を跳び越えたときだった。俄に、部屋の中が明るくなった。

両親のいずれかが様子を見るため、子供部屋の電気を点けたに違いない。零時過ぎに起きていることがバレたら大目玉だ。わざと大袈裟な寝息を立てて必死に狸寝入りをする豊さんだったが、いつまで待っても電気が消える気配がなかった。

まさか、電気を点けっぱなしにして出て行ってしまったのだろうか。

薄っすらと目を開けて、様子を確認する。人の気配はない。妙な胸騒ぎを覚え、思い切って上半身を起こす。電気が点いていないのに、部屋が明るい。

ハッとしてベッドから飛び降り、カーテンを開ける。太陽が煌々と照っている。嫌な予感がしてベッドサイドの目覚まし時計を見遣る。短い針は、十二時を指している。

「まさか。嘘だろ」

確かに、先ほどベッドに入ったばかりだった。それなのに体感時間として数分で太陽が昇り、正午になっている。窓を全開にして、手を伸ばす。相変わらず気温は低いものの、じっとりとした陽光が掌をじりじりと灼いている。確かに、日が昇っている。

狐に摘ままれたような気持ちのまま、豊さんは慌ててパジャマを脱ぎ捨てた。

耳を澄ましても、何の物音もしない。

両親は、まだ眠っているのだろうか。いつもは必ず家族三人で朝食を取ることを習慣化していることもあり、豊さんを起こさなかったとは考え難い。

寝室を覗いてみようか。一瞬、頭に過ぎった考えを、豊さんは打ち消した。

夜中までゲームをしていた挙げ句、大寝坊をしたとバレたら、最早拳骨では済まされない。最悪の場合、ゲーム機を没収される可能性だってある。それだけは避けたかった。

一人で朝食を取ったことにして、こっそり学校に行こう。

豊さんはランドセルを背負って抜き足差し足、廊下を歩く。居間のカーテンは閉まっている。やはり、まだ両親は寝ているようだ。運がいい。細心の注意を払って玄関戸を開ける。細く開けた隙間に身体を滑り込ませると、そのまま一息に外階段を駆け下りた。

ある程度、家から距離を置いたところで、一旦、豊さんは呼吸を整えた。

丁度、いつも遊ぶ公園が目の前にある。思えば起きてから顔も洗っていないし、トイレにも行っていない。ひとまず、公衆トイレを目指すことにした。

しかし奇妙なことに、トイレは鉄製の柵で封鎖されている。トイレが閉まっているのを見るのは初めてだ。訳も分からず、豊さんは呆然と立ち尽くした。

使えないなら、仕方ない。近くの水道で顔は洗い、茂みに身を隠しながら立ち小便する。公園の利用者は顔見知りばかりだ。高学年にもなって立ち小便しているのはバレたくない。

慎重に周囲を見渡すが、これもまた妙なことに、公園の中には誰もいない。普段ならば散歩する高齢者や砂場遊びに興じる幼児、その保護者を必ず見るのだが、公園は無人である。思えば、公園内に限らず、街の中が異様に静かだった。時折、遠くから車の走り抜けるような音が聞こえてくるが、それ以外は風にそよぐ木々の葉擦れ以外に音がない。雲一つない、抜けるような青空との対比に不気味なものを覚え、豊さんは早々に公園を後にした。

意識してみて改めて気付いたが、やはり街には誰もいなかった。

いつも縁側で道路を眺めているお爺さんも、コンビニエンスストアで働く店員も、交番の前で立っている若い巡査も、家の前を通るだけで吠え掛かってくる獰猛な犬も、姿がない。

普段は賑やかな鳴き声がする鳩小屋でさえ、しんと静まり返って物音一つなかった。

それさえ除けば、街はいつもの顔をしている。道に生えている雑草も、電柱に貼られた金融屋のビラも、シャッターに描かれた落書きも、悪戯された選挙ポスターも昨日のままだ。

次第に早くなっていく鼓動を必死に抑えながら、一縷の望みに賭けて学校を目指す。

もしかしたら、自分が寝ている間に避難訓練があって、全員が学校に集まっているかもしれない。少し前、理科の授業で力の作用について勉強した際、この地域で災害が起きたときの避難場所は、高台にあり収容人数も多い小学校になるという話を教員から聞かされていた。

きっとそうだ。近所の人も、犬も、金網の中の鳩も、みんな学校にいるに違いない。

パニック状態の精神を落ち着かせるため、自身に何度もそう言い聞かせる。

しかし正門へ続く坂を登ろうとした段階で、急に張り詰めていた気力が尽きてしまった。じわりと視界が涙で滲む。もう学校へ行く気は失せていた。

学校に背を向けた、正にその瞬間だった。

「おーい、ユタちゃん！」

急に大声を背中に浴びせられ、豊さんは弾かれるように振り返った。

坂の頂上に誰かが立っている。逆光で顔までは分からないが、子供のような人影が、豊さんに向かって大きく手を振っていた。声の主に、心当たりがない。

ようやく誰かに会えたことは嬉しかった。しかし、なぜか膝の裏に風邪を引いたときのようなぞわぞわとした悪寒を覚えた。豊さんは声が聞こえなかったふりをして、踵を返す。

「ねえ、待って。待ってよ、ユタちゃん」

バタバタバタと、誰かが坂を駆け下りてくる音が聞こえる。構わず元来た道を戻っていると、豊さんの右肩に小さな指が食い込んだ。思わず、その手を払い除けるようにして振り返ると、背後には痩せこけた少年が引き攣った笑顔を浮かべて立っている。

「何だよ。中神（なかがみ）じゃん」

名前を呼ばれたのが嬉しかったのか、中神君は卑屈そうな笑みを浮かべ、指をもじもじ動かしながら豊さんをじっとりと見つめた。

中神君は豊さんの幼稚園から一緒の同級生だ。しかし、会話をした記憶はほとんどない。中神君は病気がちで、度々長期入院のため学校を休んでいた。色黒で痩せっぽちで、身体も他の同級生と比べると二回りは小さい。休み時間は校庭の隅っこで草や虫を潰して遊んでいるような中神君は、どう足掻いても活発な豊さんとの相性が良くない。はっきり言って、嫌いな相手だったし、一緒にいる姿さえ誰かに見られたくなかった。

そんな相手に、まかり間違っても「ユタちゃん」などと親しげに呼び掛けられる筋合いはないと、豊さんはムッとした。そんな彼の気持ちも知らず、中神君は能天気に話し続ける。

「ねえ、ユタちゃんも遅刻？　僕も、そう。一人で怒られるの怖いし、一緒に行こうよ」

馴れ馴れしく右手に指を絡めた中神君を、豊さんは思い切り振り払った。

少しだけ驚いた表情を見せた中神君だったが、すぐにズズと鼻水を啜りながらはにかむ。

確かに、妙な世界に独りぼっちなのは心細い。しかし、中神君と一緒にいる方がもっと嫌だった。鼻水が付いた手を拭ったのか、彼の服はナメクジが這ったように白く汚れている。

「お前、一人で行けよ。俺、今日はもう帰るから」

そう冷たく言い放った豊さんに絡みつくようにして、中神君は必死に引き留める。

「ねえ、そんなこと言わないで。学校に行けば、みんないるよ。一緒に行こうよ」

「みんないるって、学校の外側で話しているお前が何で分かるんだよ！」

あの手この手で誘いを続ける中神君にうんざりしてきた豊さんは、中神君を力強く突き飛ばした。枯れた葉っぱが転がるように地面へと倒れた中神君は、それでも卑屈な笑みを絶やさず豊さんに取り縋る。

「じゃあさ、これあげる。だからさ、一緒に学校行こうよ。ね、お願いだから」

中神君はそう言うと、素早く起き上がり、パチンコ玉のようなものを豊さんの掌に握り込ませた。不愉快極まりなかったが、そっと拳を開いて確認する。一瞬、お菓子の包み紙を丸めたものかと思ったが、それにしては重量感があった。

指先で抓み、目の前に翳（かざ）す。金色に輝く一センチほどの鉄の塊は、今現在、豊さんがハマっているゲームに出てくるキャラクターのメタルフィギュアである。それも幻とされるモンスターで、周囲でもこれを持っている者は疎か、目撃情報すらない超希少品だった。

「貰える訳ないだろ、こんなレアなやつ」

弱々しく拒むも、豊さんの視線は掌のフィギュアから逸らすことができない。

欲しい。猛烈に欲しい。

でも、欲に負けて掌を握り込んだら、中神君と一緒に学校へ行かなくちゃいけない。

豊さんの葛藤を見透かしてか、中神君は厭らしい笑みを浮かべ佇んでいる。本当はフィギュアを突き返してやりたいのに、どうしてもそれができない。

「おい、お前たち。何をやっているんだ」

突然、坂の頂上から怒声が降ってきた。豊さんは思わず、気を付けの姿勢になる。

首だけ声がした方角に向けると、相変わらず逆光で顔までは見えないが、ジャージ姿の成人男性が仁王立ちをしている。声色や立ち居振る舞いから、学校教員を思わせた。

男性は凄い速さで豊さんたちの元へ駆け寄ってきた。上下白いジャージを身に付け、首からは赤いホイッスルを下げている。右手に握られた木刀、短く刈り上げた短髪と太い眉根から、厳格な雰囲気が伝わってくる。やはり教員のようだが、見覚えが全くなかった。

じろりと大きな目で豊さんを睨みつける。恐ろしい。冷や汗が噴き出す。

「お前。何でこんなところにいるんだ」

　重低音で響く男性の問い掛けに、豊さんはしどろもどろになりながら事情を説明する。

　夜に目を瞑ったと思ったら既に昼になっており、とりあえず学校に行かなくてはと、遅刻は承知の上でランドセルを背負ってやってきたところである。決して遊んだり寄り道をしていた訳ではなく、中神君とも、今ここでたまたま鉢合わせただけだ。

　必死さが伝わったのか男性はフンと鼻を鳴らすと、学校とは逆方向を指差す。

「学校は休みだ。親御さんをびっくりさせないよう、遠くまで寄り道してから家に帰れ」

　吐き捨てるようにそれだけ言うと、豊さんに背を向け、今度は中神君に向き直る。

「お前は？」

「僕は」

　中神君が口を開きかけた瞬間、男性は躊躇なく、その頭に木刀を振り下ろした。

　鮮血が飛び散る。中神君は犬のような唸り声を出しながら後頭部を押さえると、そのまま地面でゴロゴロ転がった。相変わらず、ヘラヘラとした笑みを浮かべているが、その顔は血で真っ赤に染まっている。中神君は宙を掻くように、手をヒラヒラさせた。その様子はどう見ても「おいでおいで」をしているようで、豊さんは堪らず胃液を吐き出した。

　再び、男性が中神君に木刀を振り下ろす。くぐもった音とともに、中神君の腕が妙な方向へ折れ曲がった。中神君は飛び出さんばかりに目を剥きだしにし、絶叫した。

大きく開かれた口の中は、赤黒く染まっていた。男性は地面に伏した中神君の背中を木刀の先端でごつごつと突き刺す。その度に中神君は打ち上げられた魚のようにびくびくと仰け反るが、男性は全く意に介していない様子だ。致命的な暴力に曝されながらも、中神君は変わらず卑屈な笑みを湛えていた。濁った瞳は、明らかに豊さんに向けられている。折れていない方の手を必死に豊さんに伸ばし、血と涎が混じった飛沫を飛ばしながら捲し立てた。

「ユタちゃん、僕たちさ、友達だもんね。ねえ、一緒に学校に行こう、約束じゃんか」

限界だった。

丁度、太い枝を折るような音とともに、中神君の首が左に九十度傾いたところだった。

豊さんは震える足を拳で叩きながら、ふらふらと歩き出した。背後からは絶えず水音の混じった殴打音と、豚が鼻を鳴らすような音が聞こえてくる。もう何も見たくなかった。

町には相変わらず、人の気配がなかった。

余りにも精神的な疲労が蓄積しており、一刻も早く家に帰って休みたかった。

しかし家の前に辿り着いた瞬間、あの男性が言っていた言葉が頭を過ぎった。

遠くまで寄り道をしてから帰れ。

男性の姿を思い出して、膝が震え出す。初めて、大人の本気の暴力を目の当たりにした。返り血で赤黒く染まっていく白ジャージ、肉塊と化していく同級生。全てが恐ろしかった。だからこそ、命令に従わなければ、次は自分の番だと考えた。彼がどこで見ているか分からない。こうしてまごついている間に、あの暴力を自身が家の中に招くことになりかねない。

豊さんはそのまま家を素通りし、いつも遊び場にしている小さな神社へ足を向けた。

お社に辿り着くまでの間、誰かとすれ違うことはなかった。境内に一歩踏み込んだ瞬間、豊さんの恐怖と疲労がどっと溶け出し、久しぶりに幼児のように泣きじゃくってしまった。このお社は、元々管理者が常駐していない場所である。神楽殿に凭れ掛かるようにして座ると、豊さんは急激に意識が遠のいていくのを覚えた。眠ってはいけないと頭の中では分かっていても、強烈な眠気は抗い難い。

「ユタちゃぁん。ユタちゃぁん」

御神木の大榎（おおえのき）の葉が風にそよぐ音に混じって、遠くから自身を呼ぶ声が聞こえる。

あれは中神君の声だ。いまにも泣きそうな、それでいて卑しく媚びるような声音である。

己を探していることは分かっていたが、豊さんは返事をしなかった。その気力がなかった。

中神君は神社の周りを暫く歩き回っていたが、境内には入ってこられない様子だった。

中神君の声が遠ざかるのと同時に、豊さんは意識を手放した。

目が覚めても、まだ外は明るかった。疲れは癒え、身体が軽い。

どのくらい寝ていたのか、自身でも想像ができない。神社の中にも時計はなかった。

一旦、家に戻ろう。荷物を持って道路に出た瞬間、激しいクラクションを鳴らしながら銀色の乗用車が凄い勢いで走り抜けていった。

「何、あれ。事故でも起きたらどうするつもりなのよ」

ごみ袋を両手に提げた高齢女性が、顔を顰めながら小さくなっていく車を睨みつけている。その横を、サラリーマン風の男性が足早に歩き去っていった。

人がいる。呆然と佇む豊さんに、高齢女性が心配そうな顔で近付いてくる。

「坊やもあんな大きな音を鳴らされて、びっくりしたでしょ」

その言葉で我に返った豊さんは脱兎のごとく駆け出した。

人。人。人。人が戻っている。

縁側のお爺さんも、コンビニの店員も、交番の巡査も、吠えてばかりの犬も、鳩たちも。

豊さんは、涙を拭いながら道路をひた走り、家の外階段を駆け上り、玄関から飛び込んだ。

扉の開閉音で気が付いたのか、母親が驚きを隠せない顔で台所から走り出てくる。

「ちょっと、豊。あんた、何で外にいるのよ。まだ寝ていたんじゃないの」

靴を脱ぎ捨て、ダイニングチェアへと腰掛ける。そこには、既に朝食が準備されている。テレビに映し出された時計に目を遣る。午前七時。映っているのも、朝の情報番組だった。最早、時間のずれは気にならなかった。それよりも正常な世界に戻れたことが嬉しかった。

「ほら。ぼうっとしてないで、朝食食べちゃいなさい。学校に遅れるわよ」

いつの間にか席に着いていた父親も加わり、親子三人で朝食を取る。先ほどまでの出来事は夢だったのだろうか。そう思いたくても、ポケットの中の鉛玉が重く存在を主張していた。


学校へ続く道も何ら変わりがなかった。

記憶では血で赤く染まっていたはずのアスファルトには、汚れ一つ付いていなかった。

しかし、中休みにサッカーをするため、校庭に出たときのことだった。

飛んでいったサッカーボールを追い掛けて校庭の隅まで走ると、暗がりに中神君がいた。頭や身体には血まみれの包帯が巻かれ、両手の先まで重々しくギプスで固定されているようである。彼はぐらぐらと首を揺らしながら、蒲（すすき）の穂のようになった両手で、一心不乱に虫を潰していた。その瞳は薄暗い炎を宿し、爛々と光っているように見えた。

ボールを持ったまま呆然として立ち尽くす姿に気が付いたのか、中神君は薄ら笑いを浮かべて豊さんを見つめた。そのままキュッと目を吊り上げると、ごぶりと口から血を吐いた。

豊さんは何も見なかったふりをして、人の輪の中へと戻っていった。

それからも、学校の至る所で中神君と鉢合わせた。

日ごとに怪我が悪くなっているのか、黄緑色の膿と赤黒い血液が付いた包帯姿で、中神君は豊さんをじっと見つめている。異臭を放ち、遂には顔や手足の一部が欠損しているようにも見えたが、豊さんは徹底的に無視を貫いた。素知らぬ様子で通り過ぎる豊さんの背中に、中神君は言葉にならない金切り声を浴びせたが、一切の反応をしなかった。

小学校卒業とともに中学の学区が離れることとなり、中神君との縁は切れた。


メタルフィギュアは、いつも部屋の中で目に付くところに置いていた。

大学進学に伴い上京したときも連れて行き、部屋の片隅に作った趣味のフィギュア棚にこっそりと紛れ込ませるようにして飾っていた。部屋を訪れる学友は懐かしさの余り皆々顔を煌めかせたが、豊さんがこれをどこで、どうやって入手したかは誰にも語らなかった。

ある日。豊さんの部屋で酒宴を開いていていたところ、酒に酔った勢いで、学友の一人がこっそりとメタルフィギュアを部屋の外へ持ち出したことがあった。

「棚の中で、何がなくなっているでしょうか」

ベロベロに酔った状態の学友は、電話越しに楽しそうなはしゃぎ声をあげる。

「おい、マジでやめろよ。洒落にならんわ。今すぐ返せ」

「分かった、分かった。買い出しから戻ったら渡すから、そんなにキレるなって」

悪ふざけが過ぎると苦言を呈した豊さんに、学友は笑いながら謝罪し電話を切った。

「コンビニ行って帰るだけだし、すぐ戻るだろうから許してやれよ」

不満そうな豊さんを、部屋に残ったもう一人の友人が宥める。

しかし彼はメタルフィギュアを携えてコンビニに行ったきり、豊さんの部屋へ戻ることはなかった。そのまま忽然と姿を消してしまったのだ。自身の部屋へ戻った形跡もなかった。携帯電話だけが、後々大学近くの雑木林の中で見付かり、大きな騒ぎとなった。

学友の失踪から半年ほど経ったある日、深夜番組を見ながらうつらうつらしていた豊さんは、自室の金属製ポストに、何か硬いものが落ちる音で覚醒した。

ポストを留めていたビスでも落ちてしまったかと内部を探ったところ、丸くて硬いものが指先に触れた。どうにか摘まみ出してみたところ、それは赤黒い汚れが付着したあのメタルフィギュアだった。

ドア一枚隔てた向こう側に、何者かの気配を感じた。

屈んだ自分と同じくらいの高さだ。

誰かがいる。誰かが向こう側に立っている。

豊さんはゆっくりと立ち上がり、思い切りポストに蹴りを入れた。

大きな音とともに、金属製の箱が醜くひしゃげる。

けたたましい子供の笑い声が、ドアの向こう側から響いた。どこかで聞き覚えのある、卑屈で厭な笑い声だった。豊さんは何事もなかったかのようにフィギュアを水で洗うと、元の棚に戻した。ドアの向こうから聞こえる声には反応を示さず、黙って床に就いた。

それ以降、奇妙なことは一度もない。失踪した学友は、今も見付かっていないそうだ。


後年、実家で団欒していた折、豊さんの母親が何の気なしに昔話を始めたことがあった。

豊さんが幼い頃、一時的に夢遊病になっていたことがあったらしい。そんな記憶は全くなく、豊さんにとって初耳の話だった。

「あら。あんた、覚えてないの。夜中にふらふら出掛けて、朝になって戻ってきたこともあったのよ」

酒が入っていたこともあり、豊さんは自身の恐ろしい体験を家族に打ち明けた。

白昼夢のように人が消え、静まり返った町。

白いジャージ姿の男性と、卒業まで豊さんに固執していた中神君の異様な風体。

母親は訝しげな顔で話を聞いていたが、無言で立ち上がると隣室へと消えた。暫くガサガサ家探しをする音がしていたが、五分もしない内に分厚いアルバムを携え、戻ってきた。

「あんた。中神君って、幼稚園のときに一緒だった中神君よね」

確かに幼稚園も一緒だったが、正確には小学校の同級生である。そう告げると、母親は青ざめた顔で頭を振り、卒園アルバムの一ページを指差した。

「あのね。中神君っていう子、確かにいたけど事故で亡くなったのよ。あんたが年長さんの終わり頃に。お母さんも一緒にお葬式行ったから、よく覚えているわ」

母の人差し指の先は、豊さんが所属していたクラスページの一番隅っこを示していた。そこには中神君のフルネームとともに、快活そうな笑顔を浮かべる全く記憶にない男の子の顔写真が載っていた。

改めて、豊さんが思う中神君の容姿を伝えると、母親は今度こそ心底嫌そうな顔を浮かべて「知ってる」と短く答えた。豊さんが夢遊病になった際、頻繁に家の窓ガラスに張り付いて中を覗き込んでいた子にそっくりらしい。ガリガリに痩せた色黒の男の子で、近所にはそんな子供を抱えている家庭はなかった。

「そういえば、あんた、その子のことを中神君って呼んでいたわ。その子が現れると、あんた涼しい顔で『中神君は独りで死ぬのが寂しいから俺を呼びに来ているんだよ』って言うから、お母さん、本当に本当に怖かったのよ」

そう言って震える母親の肩を擦りながら、豊さんはアルバムの中で微笑む本物の中神君の顔を眺めていた。

あのメタルフィギュアは、まだ豊さんの手元にある。時折、ドアの前に誰かが立つ気配はするが、豊さんがその正体を確認することはない。

妻を娶りて蛇の目が三つ

夜馬裕

【商店街】 二〇一八年六月～七月／涼音さん（二十八歳）・那奈さん（二十歳）

当時、涼音さんは東京都内某所にある■■■商店街の生花店でアルバイトをしていた。

夫の会社が業績不振で給与が全社員一律二割カットになったので、家計の足しにするため近所の店で働きはじめたのだが、元々花が好きなので、花屋さんの仕事は楽しかったうえに、オーナーの女性とも気が合ったので、もう二年以上働き続けていた。

店にはもう一人、最近入店した那奈さんという二十歳の大学生のアルバイトがいて、仕事ぶりは真面目で丁寧なのだが、無口で愛想がなかったので、店に来る商店街の人たちからは、「美人なんだから、もっと笑えばいいのに」と無遠慮なことをよく言われていた。

那奈さんは学生なので土日しかシフトに入れないうえ、余計なことを喋らず黙々と仕事をするので、バイト仲間とはいえ世間話をすることもあまりなかった。

だからある日、もうすぐ仕事が終わるという頃に、那奈さんから「相談事があるんです」と耳打ちされた時には少し驚いた。那奈さんは周囲を窺いながら、囁くような声で言ってきたので、おそらく店長に聞かれたくないのだろう。

頼まれると断れない性格の涼音さんが「いいよ」と即答すると、那奈さんは「商店街の店は嫌なので、その先にある駅前の喫茶店でお願いします」と小声で待ち合わせ場所を言い残すと、「事情があって先に出ます。おつかれさまです」と一足先に店を出て行った。

ところが指定された喫茶店に入ったものの、那奈さんの姿がどこにもない。

一本道の商店街を真っ直ぐ抜けて、そのまま駅前まで歩けばこの店に着く。途中追い抜いてはいないから、店に入り寄り道をしているということだ。人を呼んでおいて、自分は遅れてくるなんて随分と図々しい。

そのまま三十分待ち続け、さすがに帰ろうかと思ったところで、顔面蒼白の那奈さんが店に姿を現した。走ってきたのか、ハァハァと息も荒い。

「遅くなってごめんなさい。商店街で私のことを見たり、追い抜いたりしましたか？」

「いなかったし、追い抜いたりもしていないよ。どこか寄り道してきたの？」

「いえ……私はただ、真っ直ぐあの商店街を歩いていただけです。相談事の前に、一つ変なことを質問させてください。商店街に小さな神社ってありましたか？」

「は……？　ないよ。そんなに大きくない商店街なんだから、見ればわかるでしょ」

涼音さんがそう答えると、那奈さんは意を決したような表情になった。

そして、「聞いてください」と自身に起こる奇妙な出来事を語りはじめた。


この春に働きはじめてから、ようやく仕事に慣れてきた六月のこと。仕事を終えて店の外へ出た那奈さんは、考え事をしていたので、しばらく異変に気付かなかった。

仕事を終えて店を出たのが十九時頃。もう暗くなっている時刻なのに、この日に限ってまだ西日が射しており、商店街は夕陽で真っ赤に染まっていた。

那奈さんは「そんな日もあるか」くらいに思って、商店街を駅の方向へと歩いていく。

電気屋さん。古着屋さん。八百屋さん。お肉屋さん。魚屋さん。本屋さん。

お花屋さん。ラーメン屋さん。焼肉屋さん。中華屋さん。文房具屋さん。薬屋さん。

電気屋さん。古着屋さん。八百屋さん。お肉屋さん。魚屋さん。本屋さん。

お花屋さん。ラーメン屋さん。焼肉屋さん。中華屋さん。文房具屋さん。薬屋さん。

電気屋さん。古着屋さん。八百屋さん。お肉屋さん。魚屋さん。本屋さん。お社。

お花屋さん。ラーメン屋さん。焼肉屋さん。中華屋さん。文房具屋さん。薬屋さん。

あれ？　さっきまで働いていたお花屋さんが、なんでまた目の前にあるの？

いくら歩いても商店街が終わらないうえに、同じ光景がずっと繰り返されている。

怖くなった那奈さんは、反対に進もうと後ろを振り向くと、これまで通ってきた道の奥の方が、そこだけ夜になっているかのように、真っ暗な闇に包まれている。そして闇の部分は、いくら目を凝らしても、道も、店も、空もなく、塗り潰したように黒一色だ。

背後の暗がりへ進む気になれないので、那奈さんは仕方なく元の方向へと歩きはじめた。

誰も歩いていないので、一切人とすれ違わない。店は開いているが、どこも電気を点けておらず、暗がりの中で店員らしき影が蠢いているのだけはわかる。

だが気味が悪いので、店員に声をかけたり、助けを求めたりしようとは思わなかった。


電気屋さん。古着屋さん。八百屋さん。お肉屋さん。魚屋さん。本屋さん。お社。

お花屋さん。ラーメン屋さん。焼肉屋さん。中華屋さん。文房具屋さん。薬屋さん。

電気屋さん。古着屋さん。八百屋さん。お肉屋さん。魚屋さん。本屋さん。お社。

お花屋さん。ラーメン屋さ……


ん？　ちょっと待って……。『お社』が、ある。

先へ進むことに必死で、目の端に映っていたものを『お社』と認識をするのには時間を要したが、改めて足を止めた那奈さんの前には、横幅が二メートル弱の小さな鳥居と、短い参道、そして大人の背丈よりやや高い、小規模なお社が建っていた。

お社は、綺麗に掃除されており、脇に置かれた花瓶には、緑の葉が青々と美しい榊が活けられている。管理が行き届いているので、地元の人が大切にしている境外社に違いない。

賽銭箱の横には、机と木箱が設置されており、木箱には『縁結び守』と刺繍された色鮮やかな御守りが二、三十個ほど、無造作に詰め込まれている。

木箱には古く黄ばんだ紙が貼ってあり、そこには子どものような拙い字が書かれていた。


『ななさん、ごじゆうにどうぞ』


突然名指しされたので、那奈さんは驚きのあまり絶句して悲鳴も出ない。

木箱の中から恐る恐る『縁結び守』を一つ手に取ってみる。

その瞬間、炎に包まれたかのように、目の前が真っ赤になった。

思わず閉じた目をそうっと開けると、辺りはすっかり夜になっており、いつもの商店街へ戻ってこられたようである。道では、普通に人々が行き交っていた。

『縁結び守』は手の中に残っておらず、眼前のお社も消えてしまってどこにもない。

那奈さんは、時計を見て驚いた。店を出たのが十九時なのに、二十一時半を過ぎている。あの場所には、長くとも三十分以上はいなかったはずだ。それなのに、体感の五倍は時間が経過している。那奈さんは、自分に何が起きたのかまったく理解ができなかった。


以来、那奈さんはアルバイトを終えて一歩店の外へ踏み出す度に、黄昏の商店街へと迷い込むようになってしまった。そしてあのお社で、『縁結び守』を手に取り続けている。

もうそんな状態が一か月以上続いているのだと、那奈さんは涙ながらに訴えた。

【近所の公園】 二〇〇六年九月／那奈さん（八歳）

那奈さんはこの土地の生まれで、今も実家に暮らしている。

お花屋さんをアルバイト先に選んだのも、実家から徒歩で通勤できるからだ。


小学二年生の秋、那奈さんは家の近くにある公園で遊んでいた。

十七時を告げる音楽が流れたので、ふと顔を上げてみると、公園にはもう人の姿がなくて閑散としており、遊具も、ベンチも、すべてが夕陽で朱く染まっていた。

そろそろ、おうちに帰らなくては。そう思った時、後ろから声をかけられた。

「いいものを見せてあげる。こっちに、おいでよ」

振り向くと、同い年くらいの男の子が俯きながら立っていた。

髪の毛が長く、垂れた前髪は鼻の辺りまで隠している。下を向いているので、どんな表情をしているのか、いまひとつよくわからない。

「いいものって、なあに？」と那奈さんが聞くと、男の子は「興味ある？　こっち！」と嬉しそうに言って、那奈さんの手を引っ張りながら公園の奥へと進んでいく。

那奈さんは男の子の後をついて木々の間を抜けながらも、こんなに広い公園だったかな？と少し不思議な気持ちになっていた。

「ここだよ」男の子がそう言うと、小さな鳥居とお社が姿を現した。

「すごい！　ちっちゃい神社だ！」

「神様のおうちだからね。いいことを教えてあげる。君は僕のお嫁さんになるんだよ」

えっ？　何を言われたのかわからずに那奈さんがポカンとしていると、「こらああっ！」という激しい怒声が背後から響いてきた。

吃驚して振り向くと、「なにやっとる！」と憤怒の表情をした老婆が立っている。

だが怒りの矛先は、どうやら那奈さんではなく、男の子に向けられているようだ。

「人に忘れ去られた古い土地神のことを、哀れと思えばこそ我が家の敷地内へ祀り直したが、人の子をかどわかして嫁に娶ろうとするなど、やはり低級な鬼神の類であったか。さっさとその子を離せ！　私が死んだ後は、家ごと更地になるよう手配してやる」


すると男の子は初めて顔を上げ、老婆を静かに睨みつけた。

はっきり見えた男の子の顔は、目のあるべき場所は肌色に覆われて目玉がない。

その代わり、眉間の少し上、額の中央に、蛇のような一つ目がついていた。

男の子はその一つ目で、老婆を憎々しげにねめつけながら、溶けるように姿を消した。

あまりのことに那奈さんが茫然としていると、老婆は諭すように言った。

「いいかい。夕暮れ時は誰が彼だかわからなくなるから、人間の中に魔や鬼が混じる。これを逢魔が刻っていうんだ。今度からは、相手をよく確かめて遊ぶんだね」

なんと那奈さんは、公園と隣家を仕切る高い塀を乗り越えて老婆の家の庭に侵入、祀られていたお社に手を合わせていたのだが、老婆はそのことを責めることなく帰してくれた。

那奈さんはすっかり怖くなり、その公園で二度と遊ばなかった。

やがて那奈さんが中学生になった頃、老婆が亡くなって、家とお社は更地にされた。

【繁華街のバー】　二〇一八年九月／那奈さん（二十歳）

ストレスの溜まっている那奈さんは、アルバイトの帰り道、どうしても繁華街のバーで飲んでから帰りたくなった。

店に入ると客は那奈さんだけで、マスターはカクテルを出した後、顔見知りの那奈さんに店番を頼んで、近くのスーパーへ買い出しに行ってしまった。

仕方なく那奈さんは酒を飲みながら、一人カウンターに座っていたのだが、なんだか妙に騒がしい。周囲にたくさんの人がいるような、ざわめきが聞こえてくるのだ。

誰もいないはずの店内に、人のざわめきがどんどんと満ちてくる。

姿は見えないのだが、さながら大人数の宴会や、パーティー会場といったところだ。

そして時折、「めでたい」「ようやく」「子孫繁栄」といった言葉も聞こえてくる。

パンパンパン　パンパンパンパン　パンパンパンパン　パン

多くの人たちが、一本締めで手を打ち鳴らした後、辺りは急に静かになった。

なんだか結婚披露宴のようで、那奈さんはすっかり厭な気分になってしまった。

【集合住宅】　二〇一九年十月／涼音さん（二十九歳）

那奈さんが行方不明になってから、もう一年近くが経つ。

定期的に那奈さんから話を聞かされていた涼音さんは、幼い頃の話や、バーでの話も総合して考えると、姿を消した那奈さんについて、厭な想像しか浮かばない。

ところがつい先日、郵便受けに那奈さんからの手紙が届いたのだ。

封筒の中には、那奈さんの字で書かれた便箋と、一枚の写真が入っていた。


『結婚しました。主人とその家族で幸せに過ごしています。今ではアパートを全室借りて、家族全員で住んでいるんですよ。いずれ家族になる涼音さんには、写真をお送りしますね。

一階真ん中の部屋が私、両隣は先の奥様たち、二階は奥様の子どもたちです。子々孫々、この地で繁栄していきたいと思います』

手紙と一緒に、ピントの合っていない紙焼き写真が一枚入っていた。各階三部屋、アパートらしき二階建ての集合住宅、各部屋の前に、おそらく住人であろう者が立っている。

二階には、よく似た顔の二十代らしき男性が三人、敬礼のポーズで立っている。

一階には、女性が三人写っており、真ん中の部屋の前には那奈さんが笑顔で立っていた。両隣の部屋の前には、やはり笑顔の女性が一人ずついるのだが、ぼやけた写真とはいえ、二階にいる成人男性を産んだ母親とは思えないほど、若くて幼く見えてしまう。

涼音さんは写真をしばらく眺めていて、男性三人のポーズは、敬礼ではなく、額を隠していることに気がついた。一つ目の神が、二つ目の妻を娶ったら、生まれてくるのは三つ目ではないか。涼音さんはそこまで考えて気味が悪くなり、それ以上写真を見るのをやめた。

手紙と写真を生花店のオーナーに見せたところ、気味悪がるどころか「まあ素敵」と喜んで、何度も何度も見返していた。返却してこないので、今もオーナーの手元にあるのだろう。

涼音さんは那奈さん宛てに「結婚おめでとう」と返信の手紙を書いたのだが、宛先不明で返送されてしまった。

涼音さんは、手紙が届いたのと同時期に夫と離婚したのだが、独身になった途端、生花店のオーナーや商店街の年寄りが、「いい縁談がある」とやたら勧めてくるようになった。

それに、この生花店では神前に供える榊を常備しているのだが、商店街の人たちがそれをよく購入していくのも、神棚以外のどこにそんなに必要なのだろう、と思うようになってしまった。そうした諸々の結果、涼音さんは二〇一九年十月をもって、三年半勤めた生花店のアルバイトを辞めたという。

第七ノ扉　家屋

不正解の扉

若本衣織

隆志(たかし)さんが十歳頃の話である。

彼が生まれ育ったのは東京郊外の中流家庭で、父、母、双子の弟である悟志(さとし)さんを併せた四人暮らしだった。両親の仲は非常に良く、二人だけで遠出することも頻繁にあった。

そんなとき、隆志さんと悟志さんは決まって近所の母方の祖父の家に預けられた。寡黙で偏屈な祖父は、隆志さんと悟志さんに一切構うことなく、寝る場所と食事を与える以外は放任していた。しかし、隆志さんは祖父宅で過ごす時間は決して苦ではなかった。

祖父が一人で暮らす築四十年の邸宅は、一言で表現するなら異様な造りをしていた。大工の親方だった祖父自身が手掛けた自慢の屋敷は、当初から「成長し続けること」をコンセプトに設計されており、生活に合わせた増改築を前提として建てられていた。そのため自宅を若い衆の寮にしたり、下宿人を取ったり、テナントや集会所として貸し出したりする度に、新たな部屋や出入り口、収納などが増え、どんどん元の形状から乖離(かいり)していった。

祖父が精神を病み始めた辺りで、改築の方向性は加速度的に歪み始めた。

風水から始まり、妙な自己啓発セミナーや新興宗教にも入れ込み、壁や床の材質、照明の色までも週ごとに変わっていく。資金面が思わしくない状況になると廃材等を活用したセルフビルドの増改築となり、設計者当人である祖父ですら、全容の把握は困難になっていた。

近寄るだけで気持ち悪くなると、両親は祖父の家を嫌った。確かに、両親が言うことも一理ある。暮らしに必要な機能性や日常生活の動線が丸っきり欠落した構造なのだ。

しかし隆志さんにとっては、家全体が秘密基地のようだった。当時はゲームブックのダンジョンものにハマっていたこともあり、祖父の邸宅は格好の遊び場である。祖父はいまだに毎日のように家のどこかしらへ手を入れていたので、いつ訪れても新しい発見があった。

活発な隆志さんとは対照的に、内気な性格の悟志さんは居間で読書に勤しみ、預けられている間、その場から動くことはほとんどなかった。隆志さんが幾ら「ダンジョン攻略」に誘ったところで、悟志さんは白けた表情を見せるばかりで腰を上げようとしない。彼も両親と同様、使い勝手が悪く、独り善がりな祖父の家に嫌悪感を抱いていた。

「お兄ちゃん、よく平気だね。僕、この家の中にいるだけで具合が悪くなるよ」

悟志さん曰く、扉だらけの邸宅を歩くと、どこか別の世界へ繋がっている気がしてならないのだという。小説が好きな彼は、その別の世界を「亜空間」という難しい言葉で表現したが、隆志さん自身、弟の懸念は満更外れていないと思い至る経験を何度かしていた。

祖父の邸宅の中には、幾つか「不正解」の扉があるのだ。

隆志さんが「不正解」に気が付いたのは、八歳のときである。

複雑怪奇な祖父の家だが、物心が付いた頃には増築された部分が木製のゲートで封鎖されていた。既に母屋だけでも十分に迷宮のような場所だったため、当時は幼い双子が迷い込まないよう立入禁止措置が取られているのかと考えていた。

脇が甘いことに、設置されたゲートには鍵が付いていなかった。その気になれば、簡単に増築部分へ侵入することができる。聞き分けのいい悟志さんとは違い、隆志さんは遊びに飽きると、こっそり居間を抜け出して、ゲートの向こう側を探検した。

ただ、増築部分に潜む危険性は本能的に察していた。廊下の突き当たりにある本棚が隠し扉となっていたり、部屋の押し入れが別の廊下に続いていたり、トイレの中に納戸へ続く階段が隠れていたりする。子供心に、邸宅の異常性は勿論、間違ったルートを辿れば戻れない危機感が常に隣り合わせの状態の探索は、背徳感も相まって、非常にスリリングな興奮を隆志さんに与えてくれた。隆志さんはメモを片手に、迷宮の地図を作成するようになった。

地図が完成し、粗方の部屋配置が頭の中に入り始めた頃だった。

ある日、庭に続く扉を開いた際、勝手口の向こう側が台所に繋がっていたことがあった。

直前まで、明かり取り用のすりガラスの向こうから、確かに外の景色が見えていたはずだ。

一旦扉を閉め、もう一度すりガラスを確認する。やはり庭の陽光が差し込んでいる。首を傾げながらもう一度扉を開くと、今度はきちんと庭に繋がった。一瞬の間に何が起こったのか分からず、そのときは自身が見間違えたのだろうと思った。

しかしこの一件を機に、同様の現象に度々遭遇するようになった。決まって扉を開けた瞬間だ。正規ルートのはずなのに、その先に広がっている光景が明らかに間違っているのだ。トイレが居間に、居間が納戸に、納戸が玄関に、玄関が仏壇の中へと入れ替わっている。この現象に遭遇する頻度も、扉の先に広がる光景にも規則性はない。ふとした拍子に、どこかへ飛ばされてしまう可能性がある。

最初に「不正解」の部屋に入ったときのことを、隆志さんは鮮明に思い出すことができる。扉を開けた瞬間から、微かな違和感があった。見覚えのある客室、何度も触ったことがある家具。ただ、匂いだけが違った。部屋の中には、薄っすらと排泄物の臭気が漂っていた。

そのまま居間に入る。ぴちゃぴちゃと水気を帯びた音が聞こえてくるが、音の出所が見付からない。部屋の中に人影はなかった。祖父はまだしも、いつもなら弟が床に寝転んで本を読んでいるはずだった。

訝しく思いながらも台所へ抜けようとしたときだ。ソファの前を横切った瞬間、ふと足の裏に嫌な冷たさを覚えた。慌てて足を上げると、足裏が真っ赤に染まっている。生臭い臭気に、僅かに粘りを帯びた質感。血だった。よくよく見ると、ソファの下から滾滾と血液が滲み続けている。嫌な予感がした。臭気も音も、ソファの裏側から漏れている。足音を殺しながらソファに登り、恐る恐る背もたれの向こう側を覗き込む。まず目に入ったのは短く刈り揃えられた祖父の胡麻塩頭だ。四つん這いになり、頭を小刻みに動かしている。嘔吐しているように思えた。

「じいちゃん」

声を掛けると、祖父は弾かれたように頭を隆志さんの方に向けた。途端、血と排泄物の臭気が濃くなった。祖父の顔は、赤黒い液体でべったりと汚れている。その下には組み敷かれるようにして、臍から下が食い破られた悟志さんの遺体が横たわっていた。

隆志さんは言葉を発することができなかった。

祖父は暫く隆志さんを虚ろな目で見つめていたが、やがて悟志さんの遺体に向き直ると、顎が外れんばかりに大口を開けて再び死肉を貪り始めた。ぴちゃぴちゃと、肉を食み、血を啜り、腱を引きちぎる音が部屋中に響き渡る。隆志さんは物音を立てないよう苦心しながらソファから降りると、そのまま這う這うの体で居間から逃げ出した。

きっと、間違えたのだ。間違えた世界に、自分は入ってしまったのだ。

幸い、どの道順を抜けてきたのかは覚えていた。

ドアノブに齧り付くと、そのまま転がるようにして元来た廊下へと戻り、扉を閉じる。

隆志さんは二、三深呼吸すると、再び戸を押し開けた。あの不快な臭気や、水音がない。

自身が廊下に付けたはずの血の足跡もなくなっている。

戻ってこられた。

恐怖と安堵から大泣きで居間に駆け込むと、寝転がったまま本を読んでいた弟が、仰天した様子で飛び起きた。その向こうでは相変わらずの仏頂面で、祖父が煙草を燻らせていた。


自身に起きた恐怖体験を、隆志さんは誰かに語ることはなかった。その詳細を語ることは子供の語彙力では難しかったし、何より秘密の探索がバレてしまうのが恐ろしかった。

何度も奇妙な体験を重ねていく内に、自然と危険を回避する癖が付いた。その中で最も効果的だったのが、部屋に入る際に「二度開け」をする方法だ。

仮に扉の向こうが「不正解」の世界だったとしても、一度閉めて、もう一度開ければ、必ず正しい部屋へと繋がることを、隆志さんは早々に気が付いた。この方法なら間違えるリスクそのものを取り除くことができる。習慣づいてしまえば、そう難しいことではなかった。

隆志さんはそうやって、祖父の家を比較的安全に探索する方法を確立した。

ただ、幾度かは二度開けを忘れてしまい、またあのときのような奇妙な世界に迷い込んだ。

明らかに間違った部屋であれば引き返すこともできるが、曲がりなりにも正しい配置だったときは進んだ途中で「不正解」に気付くこともある。悟志さんは、その度に恐ろしい光景を目にした。

あるときは、常に居間で本を読んでいるはずの弟が、廊下の真ん中に立ち尽くしていた。よくよく見ると、頭の天辺から床までを鉄パイプのようなものに串刺しにされ事切れていた。

またあるときは、トイレを開けたら祖父が首を吊っていた。内部から圧し出されたせいで飛び出た目玉や舌、排泄物さえも、もう一度扉を閉め、開けたら、跡形もなく消えていた。

扉の向こうが火事だったこともあった。祖父が油を撒いたのか、轟々と燃え盛る居間で、両親と弟が熱さに悶え、転げ回っている。灼け潰れた喉から放たれた弟の断末魔は、暫く耳について忘れることができなかった。

「不正解」の世界は、全て悲壮感に満ちていた。死と暴力が家を支配し、隆志さんを除く家族は皆、致命的な末路を辿っていく。当時は自覚していなかったが、恐ろしい光景を目にしたことで、幼かった隆志さんの精神状態にも悪影響が出ていた。性格も加虐嗜好の面が露わになり、日常生活でも暴力や暴言といった手段を選択することが増えた。最も身近で、更には無抵抗だった弟の悟志さんにその矛先が向いたのは言うまでもない。

ただ幸か不幸か、隆志さんのちょっかいは徹底的に無視された。聡明な弟による「大人の対応」は、隆志さんにフラストレーションを募らせることとなった。

その日も朝から祖父宅へ預けられた隆志さんたちは、思い思いに休日を過ごしていた。

悟志さんは相変わらず、居間で本を読んでいた。近頃は市立図書館から大量の本を借りてきては、一日中読み耽っている。双子の弟とはいえ、問題児の隆志さんとは大違いだった。

気に食わなかった。隆志さんに対する当てつけのような気すらしていた。

一泡吹かせてやりたいという気持ちはあったが、隆志さんが小突いたり揶揄ったりしても、悟志さんはうんざりとした表情で無視するだけである。何か、方法はないか。

思案の末、隆志さんは良からぬ企みを思いついた。

隆志さんは台所でコップに水を汲むと、居間で寝転がる悟志さんへとそっと近付いた。

本に熱中しているのか、意図的に無視しているのか、悟志さんが振り向く様子はない。

隆志さんは、寝転がっている悟志さんの背中へ向かって、思い切りコップの水を引っ掛けた。水音とともに情けない悲鳴をあげる悟志さんの姿に、隆志さんは笑いが止まらなかった。

その勢いで、弟が手にしていた本を取り上げる。案の定、市立図書館から借りてきた小難しそうな小説だった。悟志さんは苛ついた様子で手を伸ばすが、悟志さんはそれを華麗に避ける。怒鳴り声をあげながら怒り狂う悟志さんを見ると、胸のすく思いがした。

「お前の本、風呂場に沈めてやろうか。汚したら二度と図書館で本が借りられなくなるぞ」

そう言って走り出すと、案の定、悟志さんが憤怒の表情で追い掛けてくる。隆志さんはいつものように廊下を駆け回り、増築部分に続くゲートを開いた。驚いたことに悟志さんもついてくる。自身が誘ったときは散々馬鹿にした態度だったのに。隆志さんの心がささくれる。初めて散策してから二年、複雑構造の祖父の家も、大体の配置が分かっている。廊下だけ走っていれば、あの妙な世界に紛れ込むこともない。隆志さんなりに、手加減をしているつもりだった。悟志さんとの鬼ごっこに満足したら、本を返してやろう。そう考えていた。

最初の五分ほどは背後から悟志さんの気配を感じていたものの、いつの間にかそれが途絶えたことに隆志さんは気が付いた。本を取り戻すのを諦めて居間に戻ったのかと思いきや、悟志さんの姿はない。ヒュッと細い呼吸が漏れる。何が起きたのか、想像に難くなかった。

破裂しそうな心臓を抑えながら、自身が逃げたルートを辿る。注意深く観察すると、仏間に続く襖が十センチほど開いていることに気が付いた。恐らく悟志さんはここで待ち伏せしようとしたのだろう。増築部分に初めて入った彼は、早々に地の利のなさに気付いたのだ。

一縷の望みを掛けて、戸を開く。悟志さんの姿はない。

しかし部屋の中央には巨大な血だまりと、押し入れの襖に続く血痕があった。ここで何かが起き、悟志さんが命からがら逃げ出したのだろうと予測できた。

襖を開ける。押し入れの向こう側はトイレだった。残念ながら、悟志さんの姿はない。ただ床の血痕は次の扉へと続いている。隆志さんは機械的に次の扉に手を掛けた。

風呂場、台所、居間、客間、食糧庫、トイレ、書庫、物置、玄関、シアタールーム。

扉は部屋に続き、扉を経て、また次の部屋に続いていく。血痕はあるが、弟の姿はない。

次々に部屋は移り変わる。あるときは新築のように綺麗で、次の部屋は崩れかけた廃墟のようだった。傍らには両親や祖父の遺体が転がっていることもあったが、隆志さんはそれを無心で跨ぎ、血痕を追い続けた。扉は無限に続いているようだった。

開いた扉の数が百枚を超えたときだった。扉を開けようとしても、前に何かがつっかえているようで、中々開かなかった。ドアノブが回るということは、鍵は掛かっていない。何度も体当たりをし、無理やり押し開ける。僅かな隙間に身体を捻じ込み部屋に滑り込むと、扉に凭れ掛かるようにして、弟の遺体があった。鋭利な刃物で刺されたのか、身体には幾つも刺し傷があった。恐らくここで力尽きたのだろう。次の扉には、血痕は続いていない。

隆志さんは逡巡したのち、次の扉を開けた。トイレだった。扉は続いている。また開く。部屋は続いている。扉、部屋、扉、部屋。その繰り返しだ。最早、何も考えたくなかった。

何十枚目か、何百枚目か。扉を開けると、そこは居間だった。部屋の中央に置かれたダイニングテーブルでは、祖父が老眼鏡を掛けながら新聞を読んでいた。

「ああ、こんにちは。来たんだね」

にこやかに微笑むと、祖父は目の前の椅子へ座るように促す。隆志さんは素直に従った。

祖父は物珍しそうに隆志さんを眺めると、手に持っていた本を渡すよう穏やかに伝えた。

隆志さんは、これにも従った。祖父は弟が借りた本の裏側に貼ってある市立図書館のラベルを嬉しそうに撫でながら、隆志さんの背後に向かって顎をしゃくって見せた。

「これ以上は進めないけど、どうする。戻ってもいいし、このままいてもいい」

隆志さんは何も答えなかった。何かを考える気力が起きなかった。

それを答えと受け取ったのか、祖父は椅子から立ち上がりハンマーを手に取ると、隆志さんが出てきた食品庫に続く扉のドアノブを何度も殴打し破壊した。


数時間後、両親が戻り、当然のように隆志さんを家に連れ帰った。

祖父は初めて見るような穏やかな笑顔で隆志さんたちを見送り、両親も当たり前にそれを受け入れる。この世界では、祖父と両親の関係は良好なようだった。

隆志さんの自宅も一見すると見慣れたもののように思えたが、よく見ると細部は異なっている。壁に貼られたサッカーチームのポスターは、チーム名も選手のユニフォームも見覚えのないものに変わっていた。学習デスクの横に掛かったランドセルも本来の青色から黒色になっているし、サッカークラブの友達と海に行ったときの写真は、山の背景に変化している。

何よりも一番の違いは、悟志さんの存在がなかったことにされている点だった。隆志さんは一人っ子で、弟はいない。何度確認しても、困惑した両親から同様の答えが返ってきた。

悟志さんがいなくなったことや、僅かな記憶違い程度の差異はあったものの、隆志さんは新しい日常にすんなり慣れていき、今日に至っている。祖父の家には以降も何度か預けられたものの、同様の現象に遭遇することはなかったのだという。


「でも、僕は結局のところ、選択を間違えたんだと思うよ」

当時の出来事を、隆志さんはそう述懐する。あのとき、祖父の誘いに乗らずに元来た道を戻っていれば、どのような形だとしても、悟志さんの存在する世界へ戻ることができた。

「僕は自分の勝手で、弟を二度も殺したんだ。今でも半身を失った気持ちでいるよ」

悟志さんの祖父は、彼が高校生のときに入水（じゅすい）自殺した。引き揚げられた祖父の遺体には、なぜか重しにもならないのに、例の図書館の本が針金でしっかり結びつけられていたという。

その存在は、一枚の紙の如く

夜馬裕

はじめまして。怪談師なんですって？　なんだか嫌な趣味をしてるんだね。

先に言っておくけど、「嫌だ」と言ったのに、家主のマサヨシさんが強引に家まで連れて来ちゃったから、仕方なく話すだけ。だから図々しく質問とかしないでね。わかった？


うちは家族三人で一軒家に同居していたから、お風呂、トイレ、キッチン、洗面所、祭壇のあるお祈り部屋は共用で使っていたけど、プライベート空間はきっちり分けていて、一階の居間がお母さん、奥の部屋がお兄ちゃんで、二階は私が使わせてもらっていた。

お母さんが自殺しちゃってからは、お兄ちゃんは一階、私は二階で完全にバラバラに生活するようになったけど、同じ家だから、いるかいないかは物音でわかる。

お兄ちゃんは、ブラック企業に勤めて心が壊れちゃってからは、ずっと家にいたんだけど、お母さんが死んでからは家にいないことも増えて、時々外泊もするようになった。

かと思えば、修行やお祈りの時間を増やして、ずっと祭壇の前で手を合わせる日が続いたりもするから、お兄ちゃん大丈夫かな？　って、少し心配になっちゃって。

だから「最近どこに出かけてるの？」って聞いてみたら、「毎日家にいてお祈りしてるよ」と絶対にバレる嘘を吐くんだよね。

別に出かけてもいいいし、外泊だってしていい。私は家族と一緒にいたいからお祈りに付き合ってきただけで、別にお兄ちゃんが家でお祈りしなくても責めたりなんかしない。

私とお兄ちゃんはね、二卵性だけど双子なの。普通の兄妹なんかより、ずっと強い絆で結ばれている。それなのに、唯一の家族である私に、隠し事をするのが悲しかった。

でもね、ひと月、ふた月と日が経つうちに、何かがおかしいことに気づいたの。

家にはお兄ちゃんがいないはずなのに、お風呂や洗面所が濡れていたり、いつの間にか洗濯機が回っていたり、キッチンのコンロにシチューの入った鍋が置かれていたり、帰宅した気配もないのに、深夜に突然、下の階からお兄ちゃんがお祈りする声が聞こえたりする。

しばらくして、嫌でもわかってきちゃった。お兄ちゃんは外泊しているんじゃない。

家の中で普通に暮らしているんだけど、時々姿が消えてしまうんだ……って。

そのことをお兄ちゃんに言っても、「まさか」なんて冗談にしようとするんだけど、とても哀しそうな顔をするから、「ああ、お兄ちゃんもわかってるんだ」と思った。

そうやって、半年以上かけて、お兄ちゃんは少しずつ、私のいる世界から消えていった。

でもお兄ちゃんは、ただ消えてしまったわけじゃない。

この世界では姿が見えないだけで、私のすぐ近く、この家の中に存在しているの。

死んだお母さんが、姿は見えなくても家の中にいるのと同じで、お兄ちゃんもこの家に確かに存在しているのが感じられる。双子の私には、そのことがはっきりわかる。

この話をしたら、マサヨシさんに「幽霊？」って訊かれたけど、そうじゃないんだよね。

お兄ちゃんはたくさんお祈りをして、お母さんと同じ「あっち側」へ行っただけ。

……ん？　あっち側のこと？　悪いけど、それは答えたくないな。

あっちはあっち、こっちはこっち。それで何となくわからない？

なんていうのかな、二つの世界が層になって、同じ場所に重なっている感じ。

お祈りについても、何の宗教とか、何を唱えるのかとか、いちいち説明したくない。

わが家の信仰については、あれこれ詮索されたくないし、意見もいらないし、コメントも必要ないから、宗教上の理由、ってことでスルーしてもらえる？

お父さんが家族を捨てて出て行った後、お金がなくてうちの家は大変だった。

お兄ちゃんが大学を退学して、ブラック企業で頑張って働いてくれたおかげで、私は大学を卒業できた。だからお兄ちゃんがダメになった後は、私が働いて家族を支えてきた。

そんな私たちには、お祈りがすべてだったの。もちろん、信じてはいたよ。でも私はお母さんやお兄ちゃんみたいに、あっち側には行かなくても構わなかった。とにかく家族三人、笑顔でいられればそれでいい。それなのに、あの女が裏切ったおかげで、お母さんは最後の手段で自ら命を断ってしまった。本当に、ヨシコのことは許せない……。

あ、ごめんなさい。マサヨシさんは親切にしてくれているからとても感謝してる。

でもマサヨシさんの母親は、恩を仇で返す、最低の人間なんだよ。

うちだって裕福なわけじゃないのに、お母さんは優しいから友達の面倒までみて、今日の食費にも困っているという友達を晩御飯に招いたら、なんとあの女、わが家にそのまま居ついたうえに、働きもせずに毎日タダ飯を食べ続けた。

お母さんも人がいいから、「困った時はお互いさま」なんて一緒に暮らすうちに、ヨシコもお祈りするようになって、結局、そのまま家族のように居座ってしまった。

お父さんが家を出ていったのは、ヨシコが家にいるのが嫌なんだろうと思っていたから、いつか追い出してやろうと思っていたのに、ある日本当にヨシコはいなくなっちゃった。

お母さんは心配していたけど、私は何年も居候していた女が消えてせいせいしてた。

でもね、実際には大変なことが起きていたの。

ヨシコが家から消えて数か月後、彼女の息子のマサヨシさんがこの家を訪ねて来た。

そして、「この家は母の持ち物なので、出て行ってください」と言ったの。

なんとヨシコは、家を出た後に私のお父さんを探し出し、いつの間にか結婚していたらしいんだけど、籍を入れてすぐにお父さんが亡くなったから、この家はヨシコと、彼女が前の夫との間にもうけた息子のマサヨシさんが相続している、と説明された。

きっとヨシコは最初から、この家と土地が欲しくて、お母さんに近づいたんだと思う。

でもしばらく一緒に暮らすうちに、土地の権利はまだお父さんが持っていることに気づいたから、そっちに乗り換えたんだろうね。

家から立ち退きを命じられたお母さんは、とうとう最後の手段に出た。

お祈り部屋で、紐で首を吊って、自ら命を断ってしまったの。

そんな私たちに、マサヨシさんは同情してくれて、「このまま住んで構わない」と言ってくれたし、家賃もとらずにいてくれる。だからマサヨシさんには感謝してるんだよ。

でもね、お母さんに続いて、お兄ちゃんもあっち側へ行っちゃった。

実はね、お兄ちゃんの姿が消えはじめてから、私も必死にお祈りしてるの。

お母さんが死ぬ前に言った言葉が、頭にずっと残ってるから。

「この場所でしか扉を開くことができないのに、家を出なくてはいけなくなったでしょ。みんなでたくさんお祈りして、やっと扉が開いてきているのに……。

だからお母さんは、先にあちら側へ先に行くことにしたの。そして、開きかけた扉がまた閉まってしまわないように、頑張って開けたままにしておくから、兄妹二人でたくさんお祈りをして、早くあちら側の扉を開けてしまってね。

あなたはまだ、あちら側には行きたくないよね。わかってる。でもお兄ちゃんは力が強くないから、あちら側へ消えてしまうほどたくさん祈っても、扉は開かないと思うの。

もしお兄ちゃんの力だけでは無理だったら、遥かに強い力を持っているあなたが頑張ってほしいんだ。そのまま扉がちゃんと開かないと、あちら側にいるお母さんもお兄ちゃんも、いずれは消えてしまうから。そのことだけは、忘れないでね」

私ね、一人になりたくないんだ。今ならまだ、二人の所へ行ける。きっとそのうち私もいなくなるから、その時はマサヨシさんがこの家や土地をどう処分してくれても構わないよ。

なんか余計なことも喋りすぎちゃったな。もうこれ以上は話したくない。

……えっ？　最後に家の中を見学？　いくらマサヨシさんの頼みでも、知らない怪談師なんかに家の中を見せたくないよ。約束通り、話を聞かせたんだから十分でしょ。

もういい？　そろそろ二人とも、帰ってもらえないかな。

＊　＊　＊　＊　＊

あなた、ずいぶん失礼な人ですね。

初対面で「本物ですか？」って、どういう挨拶なんです？

……ああ、なるほど。先に妹に会ったんですね。ごめんなさい、それなら納得です。

はいそうです、私が双子の兄、正太郎です。

妹から見れば、私のほうが幽霊みたいなものかもしれません。

それにしても妹に会えたなんて、あなた霊感が強いんですね。

あちら側へ行った妹のことを、現世の私たちが、容易に感知することはできません。

私なんて、この家の中で妹の姿を見失ってもう何か月も経ちますが、「いる」という気配があるだけで、どこにいるかなんて皆目見当もつきません。

どうです？　妹は近くにいますか？　……そうですか、今はわかりませんか……。

今日は、妹が消えた話を聞きにいらしたんですよね。マサヨシから電話はもらってます。

ひとつだけ最初に聞きたいんですが、マサヨシはどういうつもりで、怪談師さんを私のところへ寄越しているんですか？

母が自殺したのは、ヨシコとマサヨシ、あの親子にこの家を騙し盗られたせいです。

当然ですが、私はその話をするつもりだし、マサヨシの悪口もたくさん言いますよ。まあどうせ、私たちがどうしているか知るために、あなたを差し向けてきたんでしょう。あいつも一緒なら追い返そうと思いましたが、お一人なら話くらいはお聞かせします。

この家は本来、マサヨシの物ではなく、私たちの兄妹の生家でした。

会社員の父、元大学職員の母、双子の兄妹という四人家族の家で育ちましたが、私が大学生の頃、父が家族を捨てて蒸発してしまいました。

家を出る時、父は多くを語らなかったものの、「お前らとはもう無理だ」と母に言い残して、行先も告げずにいなくなったそうです。会社もいつの間にか退職し、貯金も下ろしていて、かなり計画的な失踪でした。

私たちはショックを受けましたが、父の行方をつかむことはできませんでした。

母は私たち双子の出産を機に仕事を辞めており、当時は専業主婦でした。父は当面の生活費程度の貯金は残してくれていましたが、そんなものは焼石に水です。私たち家族は、すっかり経済的に困窮してしまいました。

私は、母と妹を支えることを優先するために、大学を退学して、高卒の資格で就職できる会社を探しました。

学歴不問、未経験者歓迎、やる気がある人材を求む。

今ならこういう職場に限って、どこよりも危ないのがわかるんですが、当時はとにかく必死だったので、会社の評判すら調べずに就職してしまいました。

いやあ、失敗でしたよ。バカ、クズ、死ね、そんな罵詈雑言は日常茶飯事の職場でした。私は家計を支えるために、三年間身を粉にして働きましたが、それでもとうとう限界がきてしまい、最後には心が壊れてしまいました。

精神科で重度のうつ病と診断されたので、休職を申し入れたら即解雇。薄情なもんです。今でも精神科に通院していますよ。あの会社のせいで、自律神経までダメにしてしまったようで、慢性的な気分障害を患ったままなんです。


すべての元凶は父ですが、実はそんなに恨んでもいないんです。

というのも、父が家を出た理由は、間違いなく母のライフワークのせいなので……。

母はかつて某公立大学で事務職をしていたのですが、その動機は大学の図書館を利用したかったからというもので、若い頃から、ある個人的な調査をしていたんです。

母の母親、つまり私の祖母にあたる人は、早くに亡くなったので私の記憶には残っていませんが、生前は「拝み屋」と名乗るような人でした。

私たちが暮らすのが「現世」で、そこに重なるようにして、もうひとつ「幽世」というものがある……というのが祖母の考え方で、どうやら祖母は「現世と幽世の結び目」となる場所を生涯探していたらしいんです。

そして祖母が亡くなった後は、母がそれをライフワークとして引き継ぎました。図書館で資料を漁り、休日にはフィールドワークで各地へ足を運ぶ。そういう生活を三十代半ばまで続けて、ようやく見つけた結び目が、父が暮らしていたこの家でした。

何やかやと強引に理由をつけては、母が父の住む家を訪れるうちに、父と母は恋仲になって結婚することになりました。まあ、息子の私から見ても、おそらく母は、家目的で結婚したんでしょうね。そう思うと、父も気の毒な人ではあるんですが……。

結婚をして母が次にやろうとしたのは、祖母から受け継いだ祈りの力で結び目をほどき、あちら側へつながる扉を開けることでした。

ところが母は祖母のような強い力がなかったので、お祈りを一緒にあげる家族が必要になりました。そのために産まれてきたのが、私たち双子の兄妹です。

きっと母は、年齢的なものさえ許せば、何人でも子どもを産んだに違いありません。それくらい母は、あちら側の扉を開くことに執念を燃やしていたんです。

だた父は、私たちがお祈りをしていても、絶対に手を合わせようとはしないまま、終いには家を飛び出して、どこかへいなくなってしまいました。

父をはじめ、周りの人から見れば、気味の悪いカルトにしか見えないでしょう。

でも私は、祖母の代から連綿と続くこの教えを、心の底から信じています。

私は十八歳の頃から祈りはじめて、学生時代も、会社勤めをしていた時も、仕事を辞めて自宅療養を続けている間も、母の教え通りに毎日祈りを捧げてきました。

ずっと祈り続ける中で、何度も幽世の存在を感じましたし、自分が暮らす現世の外には、薄い膜のように、異なる世界が二重写しで広がっていることを知っています。


私も母も妹も、貧しさに耐えながら、いつかはあちら側の扉が開くと、そう信じて祈り続けていたのですが、家族の崩壊は突然に訪れました。

妹から聞いてますよね？　昔パート先が一緒で、その縁で仲良くなった母の友達を、長い間家に住まわせていたんです。

あの女、図々しく六年以上は家にいたんですよ。生活が苦しいのに人が増えて、私も妹も正直迷惑していましたが、一緒にお祈りをしてくれるのがありがたかったんでしょう、母はあの女のことを追い出そうとはしませんでした。

ところがあの女は、家を出た後、あろうことか私たちの父と再婚して、この家と土地をすべて奪い取ってしまったんです。

最初からわかったうえで母に近づいたのか、途中で価値を知ったのかはわかりません。

でも父を探し出して再婚したのは、間違いなくこの家を手に入れるためです。

息子のマサヨシは、今でこそ親切ヅラをしていますが、私はあいつを信じていません。

なんせ、この家へ来て「出て行け！」と何度も私たちを罵ったのはあいつです。

おかげで母は、「最後の手段」と言い残して、命を断ってしまいました。

でも母は、ただ死んだだけじゃありません。今でもこの家の中にいるんです。

それに気づいたからじゃないですか？　マサヨシは急にお祈り部屋を怖がるようになって、「タダでいつまでも住んで構わない」なんて言い出しました。

腹は立ったし、母のことは悲しかったけど、それでもいいと思っていました。

だって、もうすぐあちら側への扉が開くとわかっているからです。

母は亡くなる時に、こっそり私にだけ言い残していました。

自分は先にあちら側へ行って扉を開くから、あとは私の祈りの力にかかっていると。

ただ、毎日必死に祈って修行しないと、力の弱い妹は、半開きのあちら側へ呑み込まれてしまう。だから、妹の姿が消えはじめたら、完全に消える前に、頑張って祈り続けるように、そう言われていたんです。

私はこの半年以上、毎日必死に祈りました。妹が仕事の間も、朝から晩まで祈り続けた。でも、間に合いませんでした。

妹は見えたり、見えなかったりを繰り返して、完全にあちら側へ消えてしまった。だけど、もうすぐなんです。私が祈り続ければ、扉は完全に開くはずです。

そうしたら現世に未練なんてないので、この家も土地も、マサヨシにくれてやりますよ。あと半年もすれば終わるから、黙って待っていろと、あいつに伝えておいてください。

さて、話はこれくらいでいいですか？　僕はそろそろお祈りに戻りたいので。

……お祈り部屋ですか？　見るだけなら構いませんよ。どうぞ、こちらです。

＊　＊　＊　＊

どうでした？　びっくりしたでしょ。

最初にお伝えした通り、僕らは三兄妹なんです。僕が長男で、弟と妹が双子です。

でも二人は、僕のことを兄だとは思っていません。

というか、二人の中では、兄なんて存在しないことになっているんです。

僕は二人よりも五歳年上なので、父が家から出て行った時には、もう社会人になり、離れた土地で一人暮らしをしていました。

仕事が忙しくて帰省もしていなかったので、家のことをまるでわかっていなかった。

なので、家を出た父から連絡をもらい、事情を聞かされた時には本当に驚きました。

私が家を出たすぐ後くらいに、母とパート先が一緒だった女友達が同居するようになり、その女が母や子どもたちを瞬く間に洗脳して、妙な宗教を信仰しはじめたというんです。

女を追い出そうとしても、母や子どもたちが抵抗するのでどうにもならない。そのうち、土地の権利書や銀行の貯金にまで手をつけようとしてきたので、大事な物をすべて持って家族から逃げて来た、というんです。

僕はとりあえず父を家に匿ってから、家族に連絡を取ろうとしましたが、誰一人、僕の電話に出ないし、メールの返事もありません。

仕方ないので久しぶりに実家を訪ねたんですが、そこで本当に驚いてしまいました。

母も弟も妹も、僕の顔を見ても、誰だかわからなかったんです。

しかも弟と妹は、母を母と認識していない。僕がまるで知らない女のことを「お母さん」と呼んで、母のことは「ヨシコ」と他人みたいに呼び捨てにしている。

そして女はニヤニヤ笑いながら、「あなたみたいな息子はいません」と言って、僕のことを家から追い返してしまいました。


改めて父に聞いてみると、こんな状態がもう一年半は続いていると言うんです。

最初は数日だけ……と言っていた女は、家から出ていかないばかりか、朝晩、変なおまじないを唱えるようになり、ほどなく母と弟と妹も、それに参加するようになりました。

それが半年も続くと、弟と妹はなぜか女のことを実の母だと思い込んでしまい、一方で母のほうは、自分のことをただの居候だと思うようになってしまったそうです。

女は、自分が受け継いできたライフワークを一緒に手伝うよう命じたり、父と出逢った嘘の馴れ初めを子どもたちに語ったり、父のことを「あなた」と呼んで、まるで本物の妻のような態度で「一緒にお祈りをしましょう」と誘ってきたそうです。女の目的が、この家で、みんなで祈りを捧げることのように感じられたので、父はそれをずっと拒んでいました。

僕と父は、家族に何度も連絡をとりましたが、まるで返事を寄越さないばかりか、会おうともしてくれず、どうやっても女の元から連れ出すことはできませんでした。

寄生虫みたいなものだから、生活費に困れば女は出て行くだろうと勝手に思っていたんですが、僕の考えは甘かった。半年経っても、一年経っても、女は居座って出て行かない。後で知ったんですが、弟には大学を退学するように命じて、家計のために、精神を病むほどブラックな会社で働かせていました。そして弟が倒れる頃、妹が無事に大学を卒業して就職したので、今度は妹を働かせて生計を立てていたようです。

そうして手をこまねいているうちに、四年以上の月日が流れました。

心労がたたったんでしょう、父は若くして末期癌を患ってしまいました。入院した父は、涙ながらに僕へ頼んできました。お願いだから、自分が死ぬ前に、あの女から家と家族を取り返してくれ……と。だから、僕も覚悟を決めました。

母はあの女から召使いのように扱われていたので、よく一人きりで近所のスーパーへ買い物に行かされていたのですが、僕はそこを捕まえると、母を強引に車へ乗せ、僕の家へ連れていくことにしました。

縛り上げてでも母を説得するつもりだったんですが、不思議なことにあの家から遠く離れるに従って、抵抗して叫んでいた母が大人しくなり、僕の家へ着く頃には、すっかり正気に戻っていました。病院で父の顔を見た時には、「ごめんなさい……」と泣き崩れていましたよ。

僕は母の様子を見て、元凶はきっとあの家なんだと気づきました。でも弟と妹は、外へ働きに出てもそのままなので、おそらく母よりも強力な洗脳なのでしょう。

二人まとめて、正気に返るまで何日間も自宅で監禁するのは現実的ではないので、弟と妹を正気に戻し、あの女を追い出すには、家ごと取り上げるのが一番だろうと思いました。

そこで僕は、あの家に押しかけて、この家は父と母のものだ、家も土地も売りに出して、お前たちを住めなくしてやる、と宣言してやったんです。

父と母の了承は得ていたので、出ていかなければ本当にそうしようと思っていました。

でも、僕の考えが甘かった。あの女は、なんと家の中で首を吊って自殺したんです。

弟と妹は、もしこのまま家を取り上げるのなら、自分たちにはやるべき使命があるので、すぐにでもあの女の後を追うと言い出してしまった。

夜馬裕さんも話を聞いたでしょう？　卑劣にもあの女は死ぬ前に、弟と妹にそれぞれ違う命令を遺して、これまで以上に祈り続けさせるように仕向けたんです。

仕方なく僕は方針を変え、住み続けてもいいから、ゆっくり話し合おうと提案しました。

女がいなければ、やがて洗脳は解けるだろう。そう思っていたんです。

ところが、女が死んでしばらくしてから、妹は「お兄ちゃんが消えていく」と言うようになり、弟のほうはその逆で、「妹が消えていく」と訴えるようになったんです。

もちろん、最初は信じていませんでしたよ。ただ、ある時に気がついたんです。

何度あの家を訪れても、二人が揃っていることがないんです。必ず、片方しかいない。


妹がいれば、弟はいない。弟がいれば、妹はいない。

まるで一枚の紙の裏表みたいに、いつ家へ行っても、片方にしか逢えないんです。


しかも二人は、「もうすぐあちら側へ行ける」なんて言うもんだから、すっかり心配になってしまって、こうしてご相談してみたわけなんですが……。

僕と一緒に家を訪ねた時、まず妹から話を聞きましたよね。

そして家を出てからすぐに、もう一度インターホンを押したら、今度は弟が出てきた。

僕は嫌われているから、夜馬裕さん一人で家に入りましたが、妹、家にいましたか？

……ああなるほど、お祈り部屋しか見せてくれませんでしたか……。

でも、あの部屋も気味悪かったでしょ。僕も初めて見た時、びっくりしました。

お祈り部屋なんていうから、立派な祭壇でも置いてあるのかと思ったら、その逆で、家具も何も置かれていない、壁しかない四畳半の空間ですから。

でもね、僕はあそこには怖くて入れないんです。

実はあの部屋の中で、死んだ女によく似た、白い影を見たことがあるんです。

それ以来、もしかしたら本当に「あちら側」があるんじゃないか……と思えてしまって。

見間違いだと思いたいですよ。

父はもうすぐ亡くなりそうだし、母も高齢だし、弟と妹は消えてなくなってしまうかもしれない。そうして、家族がみんないなくなったら、あの家を受け継ぐのは僕なんです
何か進展があれば連絡しますので、必ず取材に来てください。逃げたらダメですよ。

最後まで付き合ってもらうために、こうして相談してるんですからあ……。

＊　＊　＊　＊　＊

政義さんに同行し、彼の弟と妹の話を聞いてから、もう七年近くの歳月が経つ。

果たして、扉は開いたのだろうか。連絡はまだない。

後書き　扉を閉じる前に

この度は『七つの異界へ扉がひらく　神隠し怪奇譚』をお手に取っていただき、心より感謝申し上げます。また時に悍ましく、不可思議で、どこか懐かしく、そして切ない体験談を著者にお寄せくださいました皆々様にも、この場を借りて厚く御礼申し上げます。

本書を執筆するにあたって、夜馬裕さんから「境界を越える、ふと迷い込む、人や想いが交差する場所に現れる。そんな怪談を集めましょう」という素敵なご依頼をいただきました。大変光栄で、優美な誘い文句に二つ返事で承諾したものの、この「異界」という言葉の定義が難しい。夜馬裕さんと互いの認識の擦り合わせをしながら執筆したことが印象的でした。

中でも、本書のタイトルにも入っている「扉」という言葉は、かなり早い段階で私たちの共通認識として登場しました。そしてこの「扉」が、私の日常に厭な影を落としたのです。

思えば、私たちは普段から漫然と境界線上を行き来しています。

朝起きてから、寝室の扉を、トイレのドアを、玄関戸を、駅の改札を、職場の門を潜る。行く先々に「扉」はありますが、それがどこに繋がっているか一々確かめることはありません。特に、毎日行き来するような場所なら、尚更当たり前のように通り過ぎていきます。

先日出演した怪談イベントの帰り道のことです。仲間たちと別れ、高揚感に包まれながら乗り込んだ最終電車、終点で顔を上げると千葉県だったことがありました。私が目指す神奈川方面とは真逆の方向です。見知らぬ土地で独りぼっち、駅前には誰もいません。途方に暮れ、何とか二つ向こうの駅まで歩いてホテルを確保できたという苦い経験があります。

私に起きたことは自身の注意不足が招いたことですが、丁度本書を執筆していたタイミングだけに、扉の向こう側に広がる見知らぬ風景は、大いに冷や水を浴びせてくれました。

よくよく見れば、どこかで違和感を覚えていたはずなのに、見過ごしてしまった。

怪談ではよく起こり得るものの、以来、自身の書いたものが他人事ではなくなりました。

そういえば、書籍の中にもいくつかの「扉」が存在します。

タイトルページの本扉から始まり、表題前に仕切りとして入っている中扉を開けていく。そうして辿り着いた最後の部分がこの後書きで、あとは本を閉じるだけです。

ただ本を閉じる前に、もう一度だけ思い返してください。

何か見落としはありませんか。見過ごしてしまった違和感はありませんか。

そしてもう一度、いや何度でも、本書の扉を開いてくださることを願っております。

若本衣織

★読者アンケートのお願い

本書のご感想をお寄せください。アンケートをお寄せいただきました方から抽選で5名様に図書カードを差し上げます。

（締切：2025年1月31日まで）

応募フォームはこちら

七つの異界へ扉がひらく 神隠し怪奇譚

2025年1月3日　初版第一刷発行

著者……夜馬裕、若本衣織

カバーデザイン……荻窪裕司（design clopper）

発行所……株式会社　竹書房

〒102-0075　東京都千代田区三番町8-1　三番町東急ビル6F

email: info@takeshobo.co.jp

https://www.takeshobo.co.jp

印刷・製本……中央精版印刷株式会社